호랑이
백두대간의 울음,

봉운
추리소설

호랑이,
백두대간의 울음,

바른북스

펜자에게

프롤로그

눈이 온다. 하늘과 땅은 눈으로 서로 이야기를 나누고 있는 것 같다. 대자연 속 산맥을 따라 광활하게 펼쳐진 산들은 하늘에서 큼지막하게 내리는 함박눈으로 인해 하얗게 적셔진다. 산속에 빽빽이 심어진 활엽수들도 원래는 너른 잎을 입었었지만, 눈으로 인해 하얀 옷을 두껍게 입어가고 있다. 몇몇 활엽수들은 눈의 무게를 이겨내지 못하고 '후드득' 소리를 내며 눈을 털기도 한다. 눈을 털어낸 활엽수의 나뭇가지는 푸드덕거리며 날갯짓하던 까마귀의 쉼터가 되어준다. 나뭇가지에 앉은 까마귀는 잠시 깃털을 정리하곤 주위를 둘러보더니 무언가를 발견한 듯 '까악' 하며 소리를 낸다. 까마

귀 소리는 몇몇 나무들 사이를 부딪치며 메아리치더니 금세 사라진다. 그리고 그 소리 사이로 산속에서 조용히 움직이는 한 사람이 보인다.

'뽀드득… 뽀드득…'

발목까지 쌓인 눈 속을 두툼한 방한화를 신은 사람이 힘에 겨운지, 아니면 조심스러운지, 천천히 한 발짝 한 발짝 앞으로 내디딘다. 눈과 입만 내놓은 채 온몸을 두툼한 옷으로 무장하고 긴 총을 단단히 파지하고 있는 이 사람은 우리가 전형적으로 알고 있는 사냥꾼 모습 그 자체다. 농부보다 더 빨랐던 인류 최초의 직업인 사냥꾼이다. 이 사람 주위에서 앞서거니 뒤서거니 하며 주변의 냄새를 맡고 살피는 개 한 마리는 이 사람의 직업이 사냥꾼이라는 추측에 신뢰를 더해준다. 개의 머리와 등은 검은 털, 얼굴과 몸통은 회색으로 긴 털을 지니고 있었고 팔각형의 얼굴, 쫑긋 선 귀와 힘차게 말린 꼬리로 보건대 시베리아허스키와 진돗개가 섞인 느낌이다. 개는 마치 고향에 온 듯 익숙한 종종걸음으로 눈이 내리는 산을 탐색한다. 그러다 눈바닥에서 무언가를 발견한 듯, 한 자리를 오랫동안 냄새를 맡고는 뱅뱅 돌다가 멈춰 선다. 개는 똘망똘망한 눈으로 뒤따라오는 사람을 쳐다보며 그가 올 때까지 기다린다. 사람은 조심스럽게 한 걸음씩 내딛더니 개가 보는 곳을 같이 바라보기 위해 몸을 숙인다. 사람은 파지한 장총이 조금 불편했는지 총을 등 뒤로 건다. 사람이 바라본 곳에는 사람의 두툼한 방한화보다 큰 거대한 동물 발자국이 보인다.

"션리야. 이게 보이니?"

사람은 한 손으로는 개를 쓰다듬고 한 손으로는 거대한 발자국 옆에 자기 손을 대본다. 개는 끙끙대며 사람을 쳐다본다.

"이게 바로 우리가 찾는 호랑이 발자국이란다."

사람은 차분하고 침착한 목소리로 말한다.

"발톱을 숨기고 다니는 고양잇과 동물 특성상, 호랑이 발자국은 개과 동물과는 달리 발톱이 보이지 않는 게 특징이지. 그리고 끌리는 자국이 없는 이 강인하게 내딛는 걸음. 강하고 또 강한 호랑이야."

개는 끙끙대며 잘 모르겠다는 표정으로 사람을 본다. 사람은 발자국을 유심히 보며 계속 말을 한다.

"또 발자국이 크긴 하지만 수컷은 아니야. 수컷은 이것보다 발자국이 더 크지. 그렇다면."

개는 사람을 쳐다본다. 마치 정말로 궁금한 것으로 보인다.

"이 시호테알린산맥을 지배하는 암컷 시베리아호랑이. 블라디토르. 그녀밖에 없어."

사람은 단호하게 말한다. 그 단호함 속에서 떨림이 느껴진다.

"지금 눈이 내리고 있는데 아직 발자국이 눈으로 완전히 덮이지 않은 걸 보니 방금 여길 지나간 모양이야. 잘 찾았다. 션리."

사람은 두툼한 방한 장갑을 낀 손으로 개를 한 번 더 쓰다듬는다. 개는 '끼잉' 소리를 낸다.

"드디어 가까이 왔어, 너도 '호랑이는 죽어서 가죽을 남긴다.'라는 말을 들어봤지? 그중에서도 시호테알린산맥의 여왕 블라디토르의 가죽을 얻는 것은 모든 사냥꾼 사이에서 최고의 영예라 할 수 있지. 지난 10년간 내로라하는 사냥꾼들이 그녀의 가죽을 얻기 위해 도전했었지만 영악한, 영리한 그녀에게 아무도 가까이할 수 없었어. 하지만 지금, 이 상황은 나에게 천재일우의 기회야."

사람은 침착하게 말했지만 목소리에서 떨림이 느껴진다. 홀로 호랑이를 마주한다는 두려움, 그리고 자신이 찾던 호랑이를 만날 수 있다는 기대감이 섞여 나오는 떨림이다.

"응? 이건?"

사람은 호랑이의 발자국을 확인하기 위해 앉았던 몸을 일으키려는 찰나. 이 거대한 암컷 호랑이 발자국 옆에 조그마하게 눈이 팬 흔적을 발견한다.

"이 눈이 팬 흔적은 조그만 동물이 엎드렸던 흔적이야. 그렇다면? 이 녀석. 새끼가 있어. 새끼가 걷다 지쳐 여기서 잠시 쉬었던 모양이야. 블라디토르는 서서 기다렸던 거고. 영악한 블라디토르가 왜 이렇게 자신의 발자국을 크게 남겨놓았나 했더니 새끼의 흔적을 지우려 하다가 자신의 흔적 지우는 것을 놓친 거야."

사람은 일어서서 뒤로 걸었던 장총을 앞으로 돌려 두 손으로 파지한다.

"션리야. 더 긴장해야겠다. 새끼가 있는 동물만큼 무서운 동물은 세상에 존재하지 않거든."

개는 순둥한 얼굴로 대답이라도 하는 듯 '끄응' 소리를 내고는 몸을 흔들어 몸에 쌓인 눈을 턴다. 사람은 장총을 어깨에 견착하고 나무 사이를 향해 조준해 본다. 그러고는 오른손으로 노리쇠를 후퇴, 전진하여 '철컥' 소리를 내고 장전한다. 사람에게서 결연한 표정이 느껴진다. 그리고 사람과 개는 호랑이 발자국을 따라 동물의 발톱으로 인한 것 같은 상처가 있는 몇몇 나무 사이로 걸어간다. 이제 그들이 보이지 않는다. 그리고 잠시 후. 천둥 같은 호랑이 소리와 총성이 울린다.

등장인물

나매구 24살 호랑이 너튜버

이세리 32살 동물복지팀장

박시유 32살 용접공

자인한 50살 맹수사 경력 20년의 사육팀장

박공돌 39살 맹수사 경력 10년의 사육사

정지윤 37살 맹수사 경력 5년의 사육사

안두나 35살 박제사

서혜나 32살 수의사

좌수영 경감 65살 원주 경찰서 소속

박수석 경사 27살 원주 경찰서 소속

호랑이
식구들

연희(암컷) 20살 <u>원주 동물원에서 자식의 일가를 이룬 호랑이</u>

존(수컷) 연희의 짝 <u>1년 전 폐사</u>

호랑이 식구들

연희의 첫 번째 새끼:
연희가 3살 때 출산한 삼 남매

대한(수컷) <u>원주 동물원에 거주</u>

민국(수컷) <u>7년 전 열사병으로 폐사</u>

최고(암컷) <u>원주 동물원에 거주</u>

호랑이 식구들

연희의 두 번째 새끼:
삼 남매

하랑, 수랑, 미랑 *판다랑 교환*

호랑이 식구들

연희의 세 번째 새끼:
연희가 9살 때 출산한 네 남매

신라(암컷) 일본 동물원으로 보냄

고구려(수컷) 원주 동물원에 거주

백제(수컷) 원주 동물원에 거주

가야(암컷) 캐나다 동물원으로 보냄

호랑이 식구들

연희의 네 번째 새끼:
연희가 14살 때 출산한 세 자매

인왕(암컷) *경상도 수목원으로 보냄*

치악(암컷) *5년 전 감염병으로 폐사*

무등(암컷) *원주 동물원에 거주*

샬리(수컷) 6살 *무등의 짝으로 체코에서 옴*

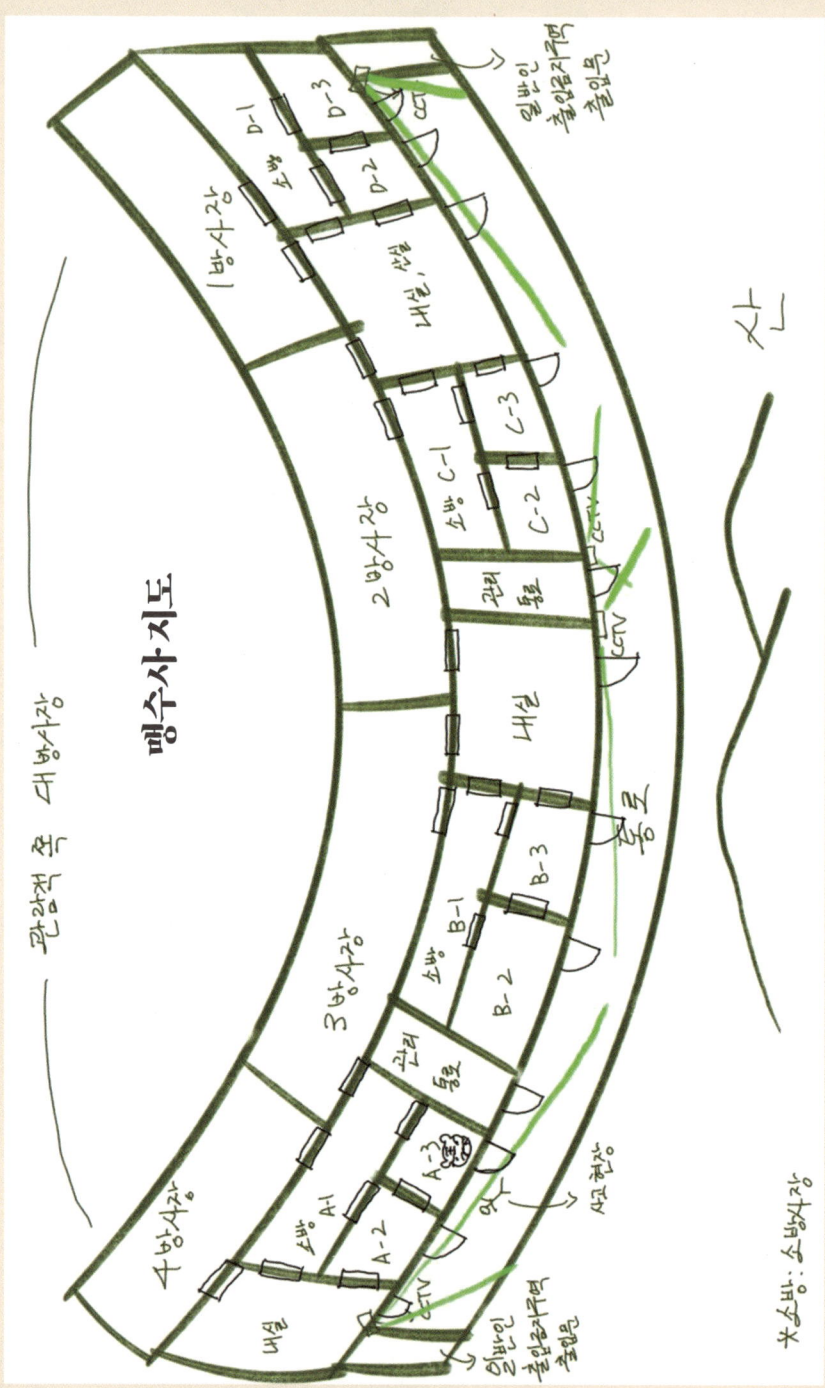

차례

프롤로그

등장인물
호랑이 식구들
맹수사 지도

1장	맹수사	*028*
2장	사육사	*039*
3장	박제사	*049*
4장	수의사	*056*
5장	동물복지사	*066*
6장	변화	*086*
7장	용접공	*092*
8장	일반인 출입 금지 구역	*120*
9장	비	*134*
10장	소방사장	*139*
11장	관계자들	*154*
12장	동기	*187*
13장	추리	*204*
14장	교차	*224*
15장	해소	*253*

에필로그

1장

맹수사

"안녕~ 최고야~"

호랑이 방사장 바깥쪽 유리창에서 한 발짝 떨어져 서 있던 매구는 안쪽 유리창으로 가까이 다가온 호랑이를 향해 손을 흔들며 밝게 인사를 했다. 아마 이 호랑이 이름이 '최고'인 듯했다. 최고도 매구를 친근하게 여기는지 관람 유리창 가까이 와 매구를 향해 '푸르르르' 하며 프루스텐*을 날렸다.

옅은 갈색 털옷을 입고 있는 최고라는 호랑이는 포동포동한 몸매, 동글동글한 얼굴에 크고 순해 보이는 눈이 고양잇

---

* 호랑이가 친숙함의 표시로 내는 반응. 고개를 살짝 들어 올리며 '푸르르르' 소리를 낸다.

과 동물이지만 강아지 같은 느낌을 주는 호랑이였다. 하지만 또 어떻게 보면 눈매가 살짝 올라간 것처럼 보이기도 했는데 이는 새침한 여우상 같아 보이기도 했다. 호랑이치고 그리 크지 않은 덩치에 실제 나이는 잘 모르겠지만 어려 보였고, 딱 봐도 암컷처럼 여자여자하게 느껴지는 최고는 가장 최(崔) 자를 쓰는 이름과 어울리게 가장 예쁜 호랑이였다.

최고에게 손을 흔들며 인사하는 매구 또한 최고처럼 순하고 착해 보이는 눈매에 초롱초롱한 큰 눈을 지닌 강아지상 여성이었다. 그렇지만 또 어떻게 보면 새침해 보이는 여우상 느낌이 나기도 했다. 매구는 바람에 나풀거리는 하늘하늘한 하얀 원피스를 입고, 베이지색 밀짚모자를 쓰고 있었는데, 아름다운 구슬 구(球) 자를 쓰는 이름에 맞게 아담하고, 어려 보였고, 한눈에 예쁘다는 말이 나올만한 여성이었다.

그리고 양 갈래로 땋은 밝은 갈색 머리와 흰 피부의 매구는 윤기 나는 흰 털과 옅은 갈색 털이 대비를 이루는 호랑이 최고와 비슷한 느낌을 주었다. 이 하얗고 밝은 갈색은 한여름 강렬한 햇빛에 반사되어 빛이 났다.

"최고야~ 잘 지냈어? 보고 싶었어~"

매구는 관람 창 앞으로 한 발짝 더 다가와 최고를 사랑스러운 눈으로 바라보았다. 최고는 순수한 눈을 하고는 입을 벌린 채 관람 창 앞에서 왔다 갔다 했다. 그러더니 갑자기 무엇에 놀란 듯 혼자 깜짝 놀라고는 펄쩍 뛰어서 관람 창에서 멀리 달아났다. 그리고 최고는 언제 그렇게 놀랐냐는 듯, 아무 일도 없었다는 듯 방사장 내 풀을 뜯기 시작했다.

"아구…, 귀여워…."

최고의 그런 모습을 보는 매구는 눈에서 하트가 한없이 쏟아질 것만 같은 미소를 짓고 있었다.

최고는 그렇게 한참 동안 열심히 풀을 뜯었다. 매구 역시 한참 동안 풀 뜯는 최고를 행복하게 바라보았다. 그렇게 얼마나 시간이 흘렀을까…. 최고는 천천히 방사장 구석 나무 밑으로 자리를 옮겼다. 그러고는 관람 창으로부터 등을 돌린 채 몇 번 구역질하는 것 같더니 이내 곧 풀과 털이 섞인 토사물을 토해냈다. 매구는 그런 최고를 보고는 안쓰러운 표정을 지었다. 사실 매구는 알고 있었다. 고양잇과 동물인 호랑이가 풀을 먹는 것은 호랑이가 그루밍하면서 삼킨 털을 배출하기 위해서라는 것을. 소화되지 않는 풀을 먹는다면 그 풀이 호랑이가 삼킨 털과 엉키게 되어 구토하면서 털과 풀이 섞인 헤어볼을 배출하는 것이었다. 그럼에도 인간 시선에서 구토는 불편한 현상이었다. 하지만 인간 시선에서 불편했을지 몰라도 호랑이 관점에서는 자연스러운 현상이었다. 최고는 언제 구토했냐는 듯 순둥한 얼굴로 그늘진 구석에 가서 자리를 잡고 앉았다. 최고는 자리에 앉아 입을 벌린 채, 가쁜 숨을 몰아쉬기 시작했다. 매구는 잠시 주위를 둘러보았다. 주변 숲속 나무들에서 매미 소리가 귀를 찌르며 세차게 울고 있었고 나무 사이로 살을 에는 듯한 태양 빛이 내리쬐고 있었다. 가만히만 있어도 매구의 희고 도톰한 이마에선 땀이 흘러내렸다. 요사이 몇 년간 들어 더위가 점점 더 심해지는 기분이었다. 텔레비전 방송에서도 여름날 하루하루가 폭염 특보였다. 매구는 나무 그늘 밑에서 순둥한 얼굴을 하고 헉헉거리며 가쁜 숨을 몰아쉬는 최고를 보고는 안쓰러운 표정을 지어 보였다. 눈으로 덮인 추운 산속이 고향인 시베리아호랑이에게는 이 무더운 여름날은 고생의 계절이었다. 짧은 털로 털갈이한다고 하더라도 원체 털이 긴 시베리아호랑이에게 한반도의 한여름 40도에 육박하는 폭염은 낯선 계절이었다. 물론 과거 조선 시대 때 호환이라고 불릴 만큼 한반도 전역에 사람들을 공포에 떨게 하는 호랑이들이 많이 살았지만, 그것은 한반도가 산업화하기 전의 얘기였다.

  지구의 역사는 산업화 전과 후로 나눌 수 있었다. 산업화 시기에 인간은 무엇이든 빠르고 강하게 하는 에너지를 얻기 위해 화석연료를 사용하였고 인간 삶의 질은 대폭으로 상승하였다. 인간은 총칼을 대량 생산하기 시작했고, 세상에 두려울 것이라고는 같은 인간밖에 존재하지 않게 되었다. 지구의 지배자가 된 것이었다. 하지만 인간은 지구의 지배자로서 세상을 평화와 공존으로 대하지 않았다. 인간은 세상을 파괴했다. 산업화에 사용되는 화석연료는 지구의 체온을 올리며 고열로 신음하게 했다. 그리고 대기는 오염되었고, 자연은 파괴되었다. 생태계 속 동물은 자신의 서식지가 파괴되면서 점점 자신의 자리를 잃어갔다. 인간이 지구를 지배하면 지배할수록, 세상을 살기 더 편해할수록, 인간을 제외한 나머지 생명은 점점 살기 힘들어졌다. 멸종하는 동식물도 많아졌다. 한반도는 일제 강점기 때 산업화를 겪었다. 호랑이 서식지는 파괴되었고 일제는 해수 구제 정책, 그리고 스포츠의 일환으로 호랑이를 마구잡이로 죽였다. 한반도 대한민국에서는 1924년 강원도 횡성에서 잡힌 호랑이가 마지막이었다. 그 이후로 대한민국 야생에서 호랑이 존재가 보고되지 않는 것으로 보아 대한민국에서는 호랑이가 절멸한 것으로 보고 있다. 수백 년 이상, 어쩌면 수천 년 동안 한반도를 호령하던 호랑이가 불과 수십 년 사이에 절멸하고 만 것이다. 그렇기에 산업화 이전 세상이 인간을 제외한 생명이 살아가기에 더 좋은 세상이 아니었을까 싶다. 산업화 전은 인간과 자연이 공존하는 세상이었다.

 사실 지극히 현실적인 성향의 매구는 생각이 이렇게까지 복잡하게 흐르진 않았다. 매구는 단지 그저 지금 눈앞에 있는 더위에 헉헉거리는 호랑이 최고에게 부채질이라도 가까이에서 해주고 싶은 심정뿐이었다.

 그때, 걱정스럽게 최고를 바라보던 매구의 뜻을 조금이나마 달래주는 듯 방사장 암벽 높은 곳에 설치된 스프링클러에서 물이 뿜어져 나오기 시작했다. 시원한 물로 더위라도 식

히라는 듯한 동물원 측 배려였다. 하지만 최고는 스프링클러에서 방정맞게 뿜어대는 물을 보고는 겁에 질린 듯했다. 최고는 귀를 접고는 안절부절못하다가 더 구석진 곳으로 조용히 몸을 숨겼다. 그러고는 스프링클러를 예민한 눈초리로 바라보았다.

"에구…. 우리 최고…."

매구는 그런 최고를 안쓰럽게 바라보며 중얼거렸다. 사람 관점에서야 스프링클러가 더위에 도움이 된다는 것을 알지만 예민한 동물인 호랑이로서는 자기 영역에 낯선 물체가 요란을 떨고 있는 셈이었다. 순하고 겁이 많은 성격인 최고에게 이 상황은 더욱더 스트레스일 터였다. 그때, 누군가가 뒤에서 매구에게 말을 거는 소리가 들렸다.

"오랜만에 오셨네요."

매구는 소리가 나는 쪽으로 뒤돌아보았다. 매구의 동그란 눈이 더 땡그래지며 자신에게 말을 건 사람을 향했다. 매구는 그 사람을 보고는 잠시 어색하게 몇 초의 시간을 보냈다가 이내 곧 그를 향해 해맑은 표정을 지어 보였다.

"아! 사육사님! 안녕하세요~"

매구는 밝게 인사했다. 사실 매구는 원주 동물원이라고 적힌 그의 반팔 카라티와 모자를 보고는 대충 사육사인 걸 찍은 것이지 그가 자신과 친분이 있었는지는 기억나지 않았다. 매구는 사육사를 밝게 대하는 와중에 그와의 친분을 기억해 내려고 애를 써보았다. 그의 얼굴은 50세 전후로 보였고, 검게 그을린 구릿빛 피부와 단단해 보이는 몸, 큰 키가 건강한 느낌을 주는 사육사였다. 사육사도 밝게 화답했는데 구릿빛 얼굴에서 하얗게 드러나는 건치가 더욱 건강한 느낌을 자아냈다. 하지만 매구는 결국 그와의 친분을 기억해 내지 못했다. 그래서 매구는 대충 그의 연령대를 고려하여 맹수사에서 근무하는 사육사 중 가장 선임자로 대해보기로 했다.

"바쁘신 일 있으셨나 봅니다. 몇 달 만에 뵙는 것 같네요. 예전에는 매주 오셨잖아요."

사육사는 인자한 미소를 띠고 말했다. 건장한 체격에 웃는 낯으로 말하니 신뢰가 느껴졌다. 그러고 보니 매구는 사육사가 먼저 자신에게 오랜만이라고 인사했던 것을 깨달았다. 사육사가 누구인지에 대해서만 생각하다 보니 사육사의 안부 인사에 대한 대답을 못 했음을 깨달았다.

"아… 맞아요. 저도 우리 호랑이들 보고 싶어서 혼났어요. 학교 시험도 있고 이래저래 일이 있었네요."

매구는 웃으면서 머리를 긁적이며 머쓱하게 말했다. 매구는 그러면서 자신이 호랑이 보러 자주 동물원에 왔기 때문에 이 사육사도 큰 친분 없이 그저 내적 친밀감으로 자신에게 말을 건 걸지도 모른다고 생각했다.

"그러셨군요. 의대생이라고 하셨죠? 의대 공부가 보통이 아니니깐 시간 내기 어려우셨겠습니다."

사육사의 말에 매구는 놀랐다. 매구는 방금 사육사가 자신과 친분이 없을 거라는 제 생각이 틀렸음을 바로 알게 되었다. 이 사육사랑 이 정도 대화까지 했을 줄은 몰랐었다.
"하하⋯, 그래서 우리 최고랑 대한이랑 연희랑 무등이, 고구려, 백제 보고 싶어서 정말 혼났어요~ 아, 그리고 샬리도요~"
매구는 멋쩍게 웃으며 말했다. 사육사는 대답은 하지 않고 살짝 건치를 드러내며 은은한 미소로 화답했다. 잠시 정적이 흐른 뒤, 매구는 시선을 호랑이 방사장으로 돌려 방사장 구석에 숨어 있는 최고를 보며 말을 꺼냈다.
"최고가 스프링클러를 무서워하나 봐요."
매구는 방정맞게 물을 뿜어대는 스프링클러를 예민한 눈초리로 보고 있는 최고를 보며 말했다.
"최고가 워낙에 겁이 많지요. 여름마다 스프링클러 틀어주고는 있는데 여전히 최고는 적응 못 하네요."
사육사는 담담하게 말했다.
"맞아요~ 우리 최고, 정말 정말 정~말 귀엽게 혼자 잘 놀고 예쁜 데다가 보통 호랑이 같지 않게 순하고 착하고 겁도 많고⋯. 그게 참 안쓰러우면서도 너무너무 귀여워요~"
매구는 최고가 정말 사랑스럽다는 표정으로 초롱초롱한 눈망울을 밝히며 두 손을 모으고 말했다. 그런 매구의 손목에서 새살이 돋은 듯한 상처가 눈에 띄었다. 사육사는 조금 의아한 표정으로 그런 매구를 쳐다보았다. 매구는 사육사의 그런 시선을 못 보았는지 여전히 사랑에 빠진 얼굴이었다.

"사육사님께서 우리 호랑이들을 잘 지내게 해주셔서 정말 감사드려요."

매구는 밝은 미소를 사육사에게 보내며 말했다. 사육사는 괜히 얼굴이 붉어졌다.

"… 아뇨, 제가 더 감사드리죠. 호랑이들을 이렇게 사랑해 주시고 예뻐해 주셔서. 덕분에 저도 보지 못했던 호랑이들 일상을 잘 보고 있습니다. 영상도 재밌게 잘 만드시더라고요."

사육사는 너튜브로 몇 가지 호랑이 영상을 봤던 것을 기억해 냈다. 기억대로라면 여기 있는 매구는 너튜브 채널을 운영하고 있을 테였다.

"아, 정말요? 사육사님, 제 너튜브 보셨어요?"

매구는 더욱 환하게 웃으며 사육사를 향해 고개를 획 돌리며 말했다. 매구의 양 갈래로 땋은 갈색 머리가 바람결에 흩날렸다. 좋은 향기가 나는 것 같았다. 사육사는 매구의 이 웃음과 향기는 세상 모든 남성을 꾈 수 있는 수단이라고 생각했다.

"네…. 그 너튜브 알고리즘에 종종 영상이 나오던데… 채널명이 그 뭐더라… 딸기… 뭐시기…."

사육사는 골똘히 생각하며 말했다.

"딸기구슬이요! 와! 사육사님, 그럼 구독하셨어요?"

매구는 신이 난 듯했다.

"아뇨…. 아직 구독은…."

사육사는 살짝 당황해하며 말했다.

"구독 부탁드려요~ 사육사님. 영상 자주자주 올릴게요~ 제가 요새 영상을 못 올렸더니 구독자 수가 잘 안 늘어나더라고요~ 제가 지금 검색해서 구독해 드릴까요?"

매구는 초롱초롱한 눈망울로 사육사 바로 옆까지 가까이 다가오며 말했다. 사육사는 부담스러운지 한 걸음 뒷걸음질 쳤다.

"아, 제가 지금 핸드폰을 안 가져왔네요. 사무실 들어가서 바로 구독하겠습니다."

사육사는 호주머니를 뒤적이는 시늉을 하며 멋쩍게 말했다.

"진짜죠? 나중에 검사할 거예요~ 사육사님~ 나중에 구독자 수가 천 명 되면 선물도 드릴 거예요~"

매구의 장난스러운 말투에서 애교가 느껴졌다. 사육사는 괜히 또다시 한 걸음 뒷걸음질 쳤다.

"하하. 그러시군요. 다음에 뵈면 구독 증명해 드리겠습니다. 그럼 전 이만 구독하러 사무실 가보겠습니다."

사육사는 멋쩍게 웃으며 말했다. 그의 하얀 건치가 드러났다.

"아! 정말 감사합니다. 사육사님~ 저도 그럼 옆방에 무등이 보러 가야겠네요~"

매구는 사육사에게 꾸벅 인사를 했다. 사육사는 사무실을 향해 걸음을 옮겼다. 그의 걸음이 절뚝거려 보였다. 그것을 본 매구는 그제야 저 사육사가 누구인지 생각났다.

2장

사육사

 매미 소리가 세차게 맹수사의 호랑이 방사장 하늘을 찌르고 있었다. 호랑이 방사장에는 30대 정도로 보이는 남녀 두 명이 있었다. 남녀 둘 다 깊은 작업 장화와 캡 모자, 토시를 착용하고 있었고, 원주 동물원이라고 적힌 카라티를 입고 있는 것으로 봐서 사육사인 듯했다. 여자 사육사만 캡 모자 사이로 질끈 동여맨 머리가 삐쭉 나와 있었다. 남자 사육사는 삽질하면서 흙바닥을 정리하고 있었고, 여자 사육사는 긴 고무호스를 이용하여 호랑이 수영장을 물청소하고 있었다. 두 사람 이마에선 땀이 송골송골 맺혀 있었다. 방사장에는 리어카를 포함하여 각종 청소도구가 널브러져 있었다.

"어때요? 공돌 주임님? 대한이 변은 괜찮아요?"

여자 사육사는 물을 뿌리던 것을 잠시 멈추고 이마의 땀을 훔치며 말했다. 사육사로 일하면서 햇빛에 피부가 많이 노출되었을 법한데도 고운 피부가 인상적인 예쁘장한 느낌의 여자 사육사였다.

"응, 일단 변 양상이랑 냄새는 괜찮은 것 같아. 혹시 모르니까 검사를 나가는 봐야겠지만."

남자 사육사는 쪼그려 앉아 장갑을 낀 손으로 호랑이 똥을 건져 올리며 말했다. 호랑이 똥은 언뜻 보면 흙과 비슷해 보였다. 남자 사육사는 손으로 똥을 부수면서 냄새를 맡았다. 그러고는 호랑이 똥을 작은 용기에 집어넣었다.

"다행이네요. 항상 방사장 백만 보 걷기를 하던 대한이가 요즘 걷기 운동이 줄어 좀 걱정됐었는데…."

여자 사육사는 가슴을 쓸어내리며 말했다.

"대한이도 이제 17살 노령이라 활동량이 줄어들 수밖에 없는 거지."

남자 사육사는 일어서면서 호랑이 똥을 만졌던 장갑을 털었다.

"항상 아기 같기만 한 우리 대한이인데… 시간이 참 빠르네요…."

여자 사육사는 찡한 듯 말했다. 남자 사육사는 맹수인 호랑이를 아기라고 하는 이 여자 사육사가 제정신인가 싶었다.

남자 사육사는 그런 여자 사육사를 잠시 멍하게 쳐다보았다.

"아… 맞아…. 지윤 주임이 대한이 삼 남매 호랑이들, 새끼 때 키웠다고 했지?"

남자 사육사는 방금 생각났다는 듯 말했다.

"네! 제가 사육사로 처음 일할 때 맡았던 아이들이라 특히 애착이 많이 가네요."

여자 사육사는 웃으며 말했다.

"맞아…. 그랬다고 했었지…."

남자 사육사는 무언가를 생각하는 듯 천천히 말했다.

"전 지금도 여전히 대한이 혼자 있다는 게 적응이 안 돼요…. 언제나 둘도 없는 형제 민국이와 함께였었는데… 대한이가 혼자 지낸 지 벌써 7년이라는 시간이 흘렀네요…. 여전히 대한이 볼 때마다 민국이가 생각나더라고요."

여자 사육사는 코를 훌쩍이며 말했다.

"음…, 지윤 주임이 호랑이 삼 남매를 어릴 때 키웠으니 그런 생각 드는 건 당연하겠지."

남자 사육사는 잠시 말을 멈췄다가 다시 말을 이었다.

"… 나도 민국이가 그렇게 된 게 안타까워. 만약 민국이가 드넓은 공간에서 살았다면 자기 나름대로 방식으로 어려움을 극복했을 거야. 하지만 이 좁은 방사장에서 할 수 있는 행동은 지극히 제한적이었고, 결국 그 사단이 나버린 거지."

여자 사육사는 말없이 남자 사육사를 바라보았다. 남자 사육사는 말을 이었다.
 "난 항상 바라고 있어. 산군이라 불리는 호랑이들이 예전처럼 드넓은 산속을 호령하는 그날이 오기를."
 남자 사육사는 저 멀리 원주 동물원 호랑이 방사장 너머로 보이는 치악산으로 바라보며 말했다.
 "와… 주임님, 저는 그렇게까지 생각해 본 적은 없네요. 여기서 태어난 인왕이가 가 있는 수목원처럼 방사장이 넓었으면 좋겠다고는 생각했었는데… 저는 민국이를 단지 좀 더 주의 깊게 잘 봤어야 했고 내실에 에어컨, 방사장에 그늘, 스프링클러, 얼음 침대, 얼음 고기, 시원한 수영장, 이런 것들만 생각했었는데…."
 여자 사육사는 멋쩍게 말했다. 그러면서 여자 사육사는 호스를 돌돌 감으며 정리하기 시작했다.
 "당시 민국의 죽음을 직접 봤던 한 사람으로서 그렇게 느낀 거야. 우리는 사육사라는 직업을 갖고 있긴 하지만 생태계를 파괴하는 인간이라는 사실은 변함없지. 우리가 뭐가 잘났다고 그들의 언어조차 할 수 없어서 그들의 생각을 알 수 없는 호랑이를 먹이고 기른다고 할 수 있는지. 우리 인간은 호랑이 삶에 개입할 자격이 없어. 단지 그들 고유 삶을 존중하고 그들이 자연에서 뛰어놀 수 있게 배려를 해줘야 할 뿐이야."
 남자 사육사의 말에 여자 사육사는 호기심인지, 동경인지 모를 눈빛으로 남자 사육사를 쳐다보았다.

"… 하지만 주임님, 사람이 호랑이와 자연에서 함께 살던 시절이라고 할 수 있는 조선 시대 때는 호랑이를 호환이라고 하면서 마마만큼 두려운 존재였잖아요. 그런데 지금 어떻게 호랑이를 자연에서 살 수 있게 하는 거죠? 지금 호랑이를 자연에 열심히 방사하고 있는 중국이나 러시아만 봐도 호랑이가 민가에 출몰하는 일이 종종 있는 것 같던데."

여자 사육사는 호스를 돌돌 감으며 궁금하다는 듯 남자 사육사를 향해 말했다.

"간단해. 강원도를 아프리카 세렝게티 국립공원처럼 강원도 국립공원으로 만드는 거야. 그러지 않아도 우리나라 인구는 점점 줄어들고 있고, 특히나 지방은 인구를 유지할 수 있는 골든타임을 놓쳐서 언젠간 지방이 소멸하게 될 것은 자명한 일이지. 그중에서도 태백산맥의 울창한 산림이 있는 강원도는 더 급격하게 인구가 줄어들고 있어. 그래서 강원도의 인구를 경기도나 충청도, 경상도 등 근처 빈집으로 이주시키고 강원도를 사람이 살지 않는 곳으로 만들어. 그 뒤에 호랑이를 포함해 고라니, 사슴, 멧돼지를 풀어 그들이 스스로 생태계를 이룰 수 있도록 하는 거지. 이후에는 이미 만들어진 도로 등을 이용하여 호랑이를 볼 수 있는 국립공원 투어식으로 관광자원을 개발하면 외국의 자본도 나름 끌어모을 수 있을 테지. 그러면 인간도, 동물에게도 모두 이롭지 않겠어?

아, 그리고 혹시나 호랑이가 강원도 밖을 벗어나 사람이 사는 곳으로 오는 일이 생길 경우를 대비해서 호랑이가 넘어오지 못하게 하는 철책도 만들어야 하는데 우리 민족은 대대로 천리장성을 두 번이나 쌓았고 반도를 가로지르는 휴전선도 만들었는데 그깟 강원도 둘러치는 철책 하나 만드는 거야 식은 죽 먹기일 테지."

남자 사육사는 이때다 싶었는지 자기 생각을 청산유수처럼 쏟아냈다.

"와… 되게 구체적이네요."

여자 사육사는 남자 사육사의 세밀한 대답에 놀라며 말했다.

"그런데… 저는 뭐 그렇게까지 해야 하나 싶네요. 호랑이도 개나 소, 고양이처럼 충분히 사람과 교감하고 길들일 수 있는 동물이라고 생각되거든요. 길들일 수 있는 호랑이라면 길들이는 것도 좋을 것 같아요. 개나 소, 고양이도 처음에는 사람에게 길들지 않는 야생이 시작이었잖아요. 너튜브 보면서 말이 통하지 않는 동물과 교감하는 모습이 정말 아름답고 멋지게 보이더라고요. 옆 동네 동물원에서 판다랑 사육사님이랑 교감하는 영상을 참 많이 봤는데 울컥하더라고요."

여자 사육사는 정말로 울컥하는 것 같았다.

"음… 지윤 주임이 새끼 호랑이를 길렀던 적이 있기에 그렇게 말할 수 있는 것 같아. 하지만 누가 뭐래도 호랑이는 지상 최강의 맹수야. 언제 어느 때건, 인간에게 위해를 가할 수 있는 동물이지. 길들인다고 하더라도 언제 어느 때건, 우리는 호랑이에게 공격당할 수 있다는 사실을 인지하고 있어야 해. 물론, 이건 길들인다고도 할 수 없지만."

남자 사육사는 말했다. 여자 사육사의 이름이 지윤인 듯했다. 지윤 사육사는 남자 사육사의 말에 고개를 갸웃하는 것 같았다.

"호랑이가 맹수인 것도 어떻게 보면 사람이 만든 프레임이라고도 볼 수 있지 않을까요? 호랑이들을 길러보니 제 눈에는 호랑이들이 귀엽게 보이더라고요."

지윤 사육사가 말했다.

"호랑이가 귀엽다고? 지윤 주임 큰일 날 소리를 하고 있군. 우리 동물원은 아니지만 평생 사자를 돌본 사육사가 사자 우리에 들어갔다가 물려 죽은 사건이 있었지. 그런 것을 보고도 사자와 같은 맹수인 호랑이를 길들일 수 있다고 생각하는 건 큰 오산이야. 호랑이는 호랑이답게 살 때가 가장 멋진 거야."

남자 사육사의 말투에는 약간의 나무람이 묻어 나왔다.

"저는 잘 모르겠어요. 그 사건은 돌아가신 사육사님한테는 죄송한 말이지만 돌아가신 사육사님과 사자 사이에 교감이 부족했을 수도 있죠. 세상은 계속 변하잖아요. 예전에 진리였던 명제가 오늘날에는 틀린 일도 있으니. 호랑이가 맹수라 길들일 수 없다는 말도 나중 되면 틀린 말일 수도 있잖아요."

지윤 사육사는 남자 사육사의 말을 받아쳤다.

"아니지. '과거의 진리가 오늘날 오류일 수 있다.'라는 말은 상황을 봐가면서 하는 거야. 호랑이가 길들일 수 있는 동물이라면 진즉에 길들였겠지."

남자 사육사가 말했다.

"그건 호랑이가 무서운 동물이라는 프레임에 갇혀 호랑이를 길들일 수 있다는 생각을 전혀 못 해서 그런 것일 수도 있어요. 지금도 사실 호랑이를 아기 때부터 키우면 길들일 수 있잖아요."

지윤 사육사가 말했다.

"이런, 이런…. 지윤 주임은 나랑 생각이 완전히 다르네. 그럼 한번 팀장님한테 '호랑이는 길들일 수 있느냐.'에 관해 물어보자고. 팀장님은 호랑이만 30년간 연구하고 쫓아다녔으니."

남자 사육사는 생각지도 못하게 지윤 사육사가 계속 자기 말을 받아치자 조금 불편한 듯했다.

"네! 좋아요. 주임님. 저도 팀장님 생각이 궁금해지네요."

지윤 사육사는 고무호스를 마저 정리하며 말했다.

"그러면 이제 방사장 청소 끝났으니 들어가자고."

남자 사육사는 그렇게 말하고 리어카에 청소도구를 싣고 방사장을 나가는 출입문을 향해 갔다. 지윤 사육사도 남자 사육사 뒤를 따랐다.

"그건 그렇고 지윤 주임, 그 소식 들었어? 뭐 동물복지팀장으로 누가 왔다고 하던데?"

"아, 맞아요. 듣긴 들었어요. 동물복지팀장이라고 이번에 새로 생긴 직책이라던데요?"

"그러게, 어떤 낙하산 자리 하나 만들어 주려고 그러는지 원…. 여기 원주 동물원 모기업인 자유기업도 참…."

그렇게 잡담하는 그들의 말소리가 점점 작게 들리기 시작했다. 그러고는 '쾅' 하며 문이 닫히는 소리와 함께 말소리가 완전히 사라졌다.

그렇게 두 사육사가 방사장을 나가고 얼마나 시간이 흘렀을까, 방사장 내 출입문과는 다른 철문이 '철커덕' 소리를 내며 스르르 열렸다. 그 철문 안쪽에서는 호랑이 대한이가 예민한 눈빛으로 방사장 안을 살피고 있었다. 그리고 이윽고 대한이는 조심스러운 발걸음으로 방사장 안으로 들어왔다. 대한이는 천천히 걸으면서 방사장 구석구석을 살폈다. 그렇게 한참을 조심스럽게 살피던 대한이는 마침내 정찰 및 탐색을 끝낸 듯, 방사장 한쪽에 자리를 잡고 앉았다. 그 자리는 7년 전까지 대한이 형제 호랑이 민국이가 가장 자주 휴식을 취하던 자리였다. 대한이 주위로 흰나비 한 마리가 날아다녔다.

3장

박제사

환하게 밝혀진 방이 있었다. 방 벽면에는 두루미, 올빼미, 족제비, 수달, 담비 등 수많은 동물이 살아 움직일 듯 생생하게 박제되어 있었고, 방 가운데에는 금방이라도 달려 나올 듯한 자세를 취하고 있는 거대한 호랑이가 박제돼 있었다. 그 박제 호랑이 옆에는 멜빵바지를 입고 머리를 뒤로 질끈 동여맨 여자가 있었는데 30대 초중반 정도로 보였다. 여자의 머리는 파란색, 빨간색, 초록색 등 유별나게 알록달록했는데, 예술가적 면모가 풍겨 나왔다. 그런 그녀는 의자에 앉아 빗을 들고는 자신보다 몇 배는 큰 박제 호랑이 털을 빗는 데 집중하고 있었다. 집중하는 여자의 입술이 오므려졌는데 어떻게 보면 귀엽게 느껴지기도 했다. 그렇게 그녀는 한참 동안 박제 호랑이의 털을 정성스럽게 빗기더니 이내 빗을 박제 호랑이 너머로 살포시 던지면서 기지개를 켰다.
"다~ 했다!"
여자는 자리에서 일어나 기지개를 켜며 허리를 양옆으로 움직이며 스트레칭을 했다. 그리곤 한 발짝 걸음을 옮겨 박제된 호랑이를 멀찍이 바라보았다. 여자는 눈이 그렁그렁해지면서 표정에선 황홀해하는 느낌이 보였다.
"와~ 내가 했지만 정말 멋지네~"
여자는 뿌듯하게 말했다. 그리곤 박제 호랑이 가까이 가서 호랑이와 눈을 맞췄다. 박제 호랑이의 이글거리는 눈이 빛났다.
"역시 호랑이는 참 완벽한 동물이라니까."
여자는 가녀린 손가락으로 박제 호랑이의 털을 간질이듯 살짝살짝 건드렸다. 마치 박제된 호랑이가 간지럼에 살아 움직일 것만 같았다.
"이름이 존이라고 했지? 고마워~ 존~ 고생했어~"
여자는 박제 호랑이의 양 볼을 손으로 감싸고 포효하고 있는 호랑이 입술에 가볍게 키스했다. 그리고 여자는 기분이 좋은 듯 흥얼거리면서 춤을 추듯 움직이며 책상에 놓여 있는 스마트폰을 집어 들었다. 그러고는 편한 자세로 의자에 앉아 어딘가로 전화를 걸었다. 몇 번 신호음이 가더니 중저음의 남자 목소리가 스마트폰 너머로 들렸다.

"여보세요? 지금 호랑이 박제 완성했어~ 응? 내가 누구야~ 아주 멋지게 완성됐지~ 한번 감상하러 와~"

여자는 애교 있는 말투로 말했다. 스마트폰 너머로 상대방 목소리가 들렸다.

"응~ 다음 달 내 전시회 목록에 넣을 거야~ 그것도 잘 부탁해~ 사랑하는 우리 자기~"

여자의 말투에서 애교가 듬뿍 묻어 나왔다.

"응~ 다음에도 멋진 동물로 잘 부탁해~ 호랑이 또 해보고 싶어~"

여자는 여전히 애교스럽게 말했다. 그리고 다시 또 스마트폰 너머로 뭐라 하는 대답이 들렸다. 그러더니 이번에 여자는 자세를 고쳐 앉았다.

"뭐? 그런 게 어디 있어? 앞으로 박제할 호랑이를 주기 어려울 수 있다니?"

여자는 급히 정색하는 말투로 바뀌며 말했다.

"박제가 얼마나 아름다운 예술인지 몰라? 박제가 인류에게 주는 가치가 얼마나 위대한데~ 후세를 위해 역사적으로 중요한 사료를 남기는 엄청난 일이잖아."

여자의 목소리가 높아졌다.

"여론이 뭐 대수야?! 내가 하겠다는데! 그리고 자기가 동물원 짱인데 자기가 하라고 하면 하는 거지!"

여자는 스마트폰에 대고 화를 냈다.

"뭐? 동물복지팀? 알 게 뭐야! 끊어!"

여자는 씩씩대면서 스마트폰을 바닥에 던졌다. 스마트폰이 바닥에 부딪히며 '쾅' 소리가 났다. 스마트폰은 여러 번 튕겨 구석에 박혔다. 여자는 분을 삭이듯 발을 동동 구르며 씩씩댔다. 그러고는 시간이 얼마나 흘렀을까. 잠시 뒤 여자는 바닥에 던져져 구석에 박힌 스마트폰을 슬쩍 봤다. 여자는 조심스러운 표정으로 스마트폰 쪽으로 가서 쪼그려 앉았다. 그러고는 걱정스러운 표정으로 스마트폰을 주섬주섬 챙겼다. 여자는 스마트폰 곳곳을 살피며 어디 고장 난 부분이 없는지 조마조마해하며 확인했다. 다행히 특별히 고장 난 부분은 없었는지 여자는 안도의 한숨을 쉬었다.

"이 씨… 이거 최신형 스마트폰인데 큰일 날 뻔했네…."

여자는 그렇게 말하고는 등받이가 있는 의자에 기대 눈을 감았다. 그러고는 숨을 크게 들이쉬며 한숨을 쉬었다. 그리곤 잠시 뒤 여자는 문득 무언가 생각이 난 듯 컴퓨터 쪽으로 의자째 몸을 움직였다. 컴퓨터 앞에 도착한 여자는 컴퓨터 마우스를 잡고 여러 번 클릭하더니 문서 파일을 열었다. 문서는 엑셀 같았는데, 수많은 데이터가 주를 이루고 있었다. 그 내용을 자세히 살피니 호랑이, 표범, 사자, 독수리 등 여러 동물에 대한 정보가 있었다. 그리고 특히 눈에 띄는 부분이 있었는데, 그건 각 동물 개체의 출생 연도였다. 여자는 오른손으로는 마우스를 잡고 왼손 엄지손톱을 물어뜯으며 문서를 살피는 데 집중했다. 그러다가 여자의 마우스 스크롤은 문서의 어느 지점에서 멈춰 섰다. 여자는 컴퓨터 모니터로 얼굴을 좀 더 가까이 댔다.

"연희라는 이 호랑이가 20××년생… 그러니까 지금 20살이네…. 음… 호랑이 평균 수명이 15~20년이니까…. 이제 곧…."

집중하던 여자의 얼굴에서 미소가 피기 시작했다.

"얘로 하면 되겠네."

4장

수의사

"어떤가요?"

남자가 말했다. 남자는 무채색 캡 모자에 밀리터리 무늬 토시, 남색 카라티를 착용하고 있었는데, 옷 뒷면에는 큼지막하게 '자유 원주 동물원'이라고 쓰여 있었다. 이걸로 보아 남자는 원주 동물원 사육사인 듯했다. 그리고 그의 왼쪽 가슴에는 이름표가 달려 있었는데 '박공돌'이라고 적혀 있었다. 이런 그의 앞에는 흰 가운을 입은 한 여자가 있었다. 그녀는 쪼그려 앉아 호랑이 방사장 내 호랑이 한 마리를 살피고 있었다. 이런 모습으로 보아 그녀는 아마도 수의사인 듯했다. 그녀는 방사장 철창에 살포시 손을 대고는 방사장 안 구석에서 가쁜 숨을 몰아쉬는 호랑이 한 마리를 주의 깊게 살피고 있었다. 그녀가 입고 있는 흰 가운에는 흙먼지들이 조금 묻어 있어 지저분하다는 느낌이 있었고 가운 왼쪽 가슴에는 '수의사 서혜나'라고 오버로크가 되어 있었다. 그녀는 웨이브가 있는 붉은 갈색 머리를 뒤로 묶었는데 깔끔히 묶이지 않아 조금씩 삐쭉 나온 머리카락이 바람결에 흩날렸다. 그리고 쪼그려 앉은 자세에서 그녀의 매끈한 다리가 드러나 보였다.
"아무래도 연희가 나이가 있으니까, 털갈이가 늦어져서 지금 상당히 더워하는 것 같네요."
혜나가 살피고 있는 호랑이 이름이 연희인 듯했다. 혜나는 호랑이 연희에게서 시선을 떼지 않고 말했다.
"에어컨을 가장 낮은 온도로 강하게 틀어주고 찬물도 종종 뿌려주면서 더위를 식힐 수 있도록 해줘야 하겠어요. 얼음 고기랑 그늘도 더 제공해 주고요."
혜나는 고개를 공돌 쪽으로 살짝 돌리며 말했다. 혜나의 티끌 하나 없는 희고 뽀얀 피부가 드러났다. 그런 혜나에게서 살면서 고생이라고는 별로 하지 않은, 곱게 자란 듯한 인상이 풍겼다. 공돌은 그런 혜나의 처방이 전혀 새로운 것 없다는 듯 무덤덤하게 고개를 끄덕였다.
"여차하면, 마취하고 영양제를 좀 줄까, 했었는데, 마취하면 더 위험할 것 같네요."
혜나는 옆을 돌아보았다. 옆에는 자신이 가져온 블로우 건이라고도 하는 마취 총이 비스듬히 세워져 있었다. 블로우 건이란 맹수를 마취하기 위해 제작된 물건이다. 맹수에게 주사를 직접 놓을 수 없으니, 바람에 잘 날아갈 수 있게 만든 주사기를 긴 대롱에 넣어 준비한다. 그러고는 이 블로우 건을, 맹수를 향해 겨냥한 뒤, 입바람을 불어 맹수를 맞춰 주사를 놓는 형태로 맹수를 마취한다. 그래서 이 마취 총을 바람총, 블로우 건이라고 했다.

"그렇죠. 연희도 나이가 20살이라… 사람 나이로 치면 100살이나 다름없으니…."

공돌은 천천히 고개를 끄덕이며 말했다. 그때, 다른 점잖은 목소리가 끼어들었다.

"연희도 이제 슬슬 마음의 준비를 해야겠지."

공돌과 혜나 뒤편에서 한 남자가 그들에게 걸어오며 말했다. 여유 있게 느껴지는 걸음걸이, 건장한 체격의 구릿빛 피부가 매력적으로 느껴지는 중년 남자였다. 그는 공돌과 같은 복장을 착용하고 있었다. 그것으로 보아 이 남자도 사육사인 듯했다. 그의 왼쪽 가슴 이름표에는 '자인한'이라고 적혀 있었다.

"아, 팀장님."

공돌은 그를 향해 고개를 돌리며 말했다. 쪼그려 앉아 있던 혜나도 본인의 하얀 무릎을 잡고 일어서더니 인한을 향해 가볍게 눈인사했다.

"안녕하세요. 팀장님."

"안녕하세요. 수의사님."

인한도 혜나를 향해 가볍게 눈인사했다. 그러고 나서 인한은 방사장 안에 있는 연희라는 호랑이에게 다가갔다. 호랑이는 염색한 듯한 진한 주홍빛 털과 선명한 검은 줄무늬 털옷을 입고 있었는데 그 두 색상이 아름다운 조화를 이루고 있었다. 하지만 한여름을 보내기에는 너무 길어 보이는 털이었다. 그래서인지 연희라는 호랑이는 더위에 지친 듯 앉아서 가쁜 숨을 몰아쉬고 있었다. 인한이 완전히 방사장 쇠창살 가까이 오자 연희는 그제야 인한이 왔다는 것을 알아챈 듯했다. 연희는 천천히 자리에서 일어나 인한을 향해 쇠창살로 다가갔다. 인한과 연희는 쇠창살을 사이에 두고 서로 마주 보았다. 둘 사이 거리는 가깝고도 멀어 보였다. 연희는 인한을 향해 '푸르르르' 하며 프루스텐을 날렸다. 그러고는 연희는 그 자리에 다시 천천히 앉았다. 앉는 것도 힘들어 보였다.

"연희야, 얼른 여름옷으로 갈아입어야지."

인한은 방사장 쇠창살에 손을 살포시 대고는 연희를 안쓰러운 시선으로 바라보며 말했다. 연희는 앉아 있는 채로 연신 인한에게 프루스텐을 날렸다. 그리고 쇠창살에 마주 댄 인한의 손바닥을 핥으려는 듯 혀를 날름거렸다.

"그래도 연희가 사람을 잘 알아보네요. 아직 그렇게 상태가 완전히 나쁘지만은 않네요."

혜나가 팔짱을 낀 채 인한 옆으로 다가오며 말했다.
"그렇다면 다행이지만… 호랑이도 사람이랑 비슷해서 치매에 걸리면 최근 기억부터 상실하니… 저는 잘 모르겠습니다. 저렇게 있는 연희가 언제고 갑자기 저희 곁을 떠날 것만 같습니다."
인한은 연희에게서 눈을 떼지 않은 채 말했다. 혜나는 무표정하게 그런 인한을 슬쩍 올려다보았다.
"맞아요. 팀장님. 연희의 프루스텐을 받을 수 있을 때 많이 받아두셔요."
이를 보고 있던 공돌이 인한의 뒤로 한 발짝 다가오며 말했다.
"연희의 프루스텐은 아무나 받을 수 있는 게 아니니까요. 녀석, 내가 얼마나 너한테 잘해줬는데 나한테는 어찌 한 번도 프루스텐을 안 해주냐."
공돌은 연희를 향해 농담 섞인 목소리로 말했다. 하지만 연희는 공돌의 말에는 신경도 쓰지 않고 인한만 바라보고 있었다.
"아무래도 내가 연희를 새끼 때부터 키워서 그런 거겠지."
인한이 말했다. 인한은 방사장 쇠창살에 댄 손바닥을 떼고 몇 발짝 물러났다. 인한이 쇠창살에서 조금 멀어지자 연희도 프루스텐하던 것을 멈췄다. 그러고는 연희는 다시 천천히 일어나 방사장 안쪽 그늘로 자리를 옮겼다. 연희는 여전히 거칠게 숨을 몰아쉬고 있었다.
"연희가 야생 개체라 아무래도 사람을 좋아하지 않지. 그래도 내가 보기엔 연희가 공돌 주임을 잘 믿고, 잘 따르고 있는 것 같아."

인한은 연희와 공돌을 번갈아 보며 말했다. 공돌은 인한의 말에 어깨를 으쓱하며 말했다.

"물론 20년이나 봐오신 팀장님에 미치지 못하지만, 저도 10년 동안 연희를 봐왔는데요, 그래서 연희가 저한텐 눈길도 주지 않고 팀장님을 더 좋아하니 샘이 날 따름입니다. 혹시 연희에게 몰래 맛있는 거 주시는 거 아닙니까."

공돌이 농담 섞인 투로 말했다. 인한은 공돌의 말에 피식해 보였다. 그리고 인한은 혜나를 향해 고개를 돌렸다.

"수의사님은 오랜만에 맹수사를 방문하셨네요."

인한이 여유로운 미소를 지으며 말했다. 인한의 하얀 건치가 드러나 보였다.

"팀장님이 호랑이들을 건강하게 잘 봐주시니까 제가 여기 올 일이 별로 없더라고요."

혜나가 덤덤하게 말했다.

"저는 맡은 역할을 다했을 뿐이지요."

인한은 미소를 머금고 대답했다.

"팀장님은 정말 호랑이와 신뢰 관계가 잘 형성되어 있으시네요. 저도 호랑이들과 교감을 잘하고 싶은데 어렵네요."

혜나는 덤덤하게 말했지만, 왠지 모르게 인한을 부러워하는 듯한 눈빛이 스쳤다.
"진심으로 호랑이를 대한다면 언젠가는 호랑이도 우리에게 마음을 열어줄 때가 오지요."
인한은 인자한 미소를 띤 채 말했다. 혜나는 알 수 없다는 표정으로 인한을 쳐다보았다.
"그 진심이라는 게 어렵네요. 저는 정말 제 기준에서는 진심으로 대하거든요."
혜나는 차분하게 말했지만, 고민의 느낌이 묻어 나왔다.
"그럴 수 있지요. 사람마다 진심은 다 다르니까요. 어떤 사람의 진심은 호랑이에게 해가 되는 것일 수 있고 어떤 사람의 진심은 호랑이의 마음을 끌어낼 수 있을 겁니다."
"… 그럼, 제 진심은 호랑이에게 해가 되는 것인가요? 그렇다면 호랑이의 마음을 끌어낼 수 있는 진심은 어떤 것이에요?"
혜나는 순간적으로 표정이 살짝 일그러지며 말했다. 인한은 그런 혜나를 보며 그저 빙그레 웃었다.
"사람이 동물 위에 존재하는 것이 아니라 사람과 동물이 이 세상을 함께 더불어 산다는 마음을 갖는 것. 그것이 바로 호랑이에 대한, 동물에 대한 진심의 시작입니다."
인한은 빙긋이 웃어 보였다. 혜나는 무표정하게 멍하니 인한을 쳐다보았다. 그때 공돌의 목소리가 끼어들었다.
"사람이란 존재가 본래 이기적인 동물이니 그런 진심이 나올 수가 없죠."

공돌이 툴툴거리며 말했다. 인한은 공돌의 말에 그저 빙긋이 미소만 짓고 있었다.

"아 참, 그래서 말인데 팀장님, 호랑이는 길들일 수 있는 동물인가요? 아닌가요? 오전에 지윤 주임이랑 얘기하다가 이래저래 나온 말이거든요,"

공돌은 인한에게 물었다. 인한은 공돌에게로 시선을 옮기며 대답했다.

"길들일 수 있다면 길들일 수 있는 동물이고, 길들일 수 없다면 길들일 수 없는 동물이지."

인한은 미소를 머금은 채 말했다. 인한의 말에 공돌은 자신이 원하는 대답이 아닌 듯 조금 인상을 찌푸렸다.

"사람마다 개별적이듯이 호랑이도 개별적이네. 길들일 수 있는 호랑이가 있는가 하면 길들일 수 없는 호랑이도 있다네. 호랑이와 사람의 관계도 사람과 사람의 관계와 별반 다르지 않네. 어떤 사람은 어떤 사람과 특별히 노력하지 않아도 관계가 좋은가 하면, 또 어떤 사람은 어떤 사람과 자신의 선에서 죽어라 노력해도 서로 바라보는 곳이 달라 좋은 관계를 형성하지 못하는 예도 있지. 호랑이와 사람도 마찬가지라네. 호랑이도 개별적인 개체로서 존재한다네."

인한은 차분하게 말했다.

"팀장님은 부처인가요? 맨날 하시는 말이 산은 산이로되,

물은 물이로다. 같은 말씀만 하시는 것 같아요. 그래서는 맨날 제자리걸음만 하는 꼴이라고요."

공돌은 인한의 답변이 마음에 들지 않는다는 듯 툴툴거리며 말했다.

"그렇게 들리는가. 그렇다면 자네에게는 그런 것이라네. 부처 같다고 해준 것은 고맙네. 내 주제에 넘치는 존재이긴 하지만."

인한은 빙그레 웃으며 말했다. 공돌은 그런 인한이 답답한지 가슴을 주먹으로 쳤다.

"으휴~ 우리 팀장님 참 답답하지 않아요? 수의사님, 저 되게 불쌍하다고 생각되죠? 이런 분 밑에서 일해야 하니."

공돌은 답답함에 괜히 옆에 있는 혜나에게 동조를 구했다.

"뭐… 그럴 수도 있겠네요."

혜나는 덤덤하게 말했다. 하지만 그녀의 말투에서는 관심이 없다는 느낌이 묻어 나왔다. 공돌은 혜나의 반응에 잠시 침묵을 지킨 뒤 조용하게 말했다.

"… 재미없기는…. 휴… 맹수사만 10년 넘게 사육사로 있었는데 나랑 마음 맞는 사람도, 마음 맞는 호랑이도 하나도 없네."

공돌은 몸을 돌려 맹수사 뒤편에 멀리 보이는 치악산을 바라봤다. 공돌 주위에는 사육사 인한이, 수의사 혜나가, 그리고 호랑이 연희가 있었지만, 공돌은 외로워 보였다.

5장

동물복지사

뜨거운 햇빛이 세리를 향해 내리쬐고 있었다. 길 양옆에 매미의 거친 울음소리를 품고 서 있는 나무들이 가끔 그늘을 만들어 주기도 했다. 하지만 폭염 속에서 그들은 그다지 큰 도움이 되지 않았다. 세리는 거친 숨을 몰아쉬며 거의 등산 하듯 동물원을 가로질러 올라가고 있었다. 세리의 도톰하고 하얀 이마에선 송골송골 맺힌 땀방울이 아슬아슬하게 흐를 듯 말 듯 하고 있었다.

"휴우… 맹수사는 되게 높고 멀구나."

세리는 하얀 손으로 이마의 땀을 훔치며 말했다. 햇빛에 반사되어 빛나는 땀방울들이 세리의 손 움직임과 함께 아치를 그리며 아름답게 떨어졌다.

"아무래도 호랑이가 산에 사는 동물이라 산에 사는 느낌을 주려고 맹수사 위치를 이렇게 한 건가…."

세리는 헉헉대면서 동물원 뒤편으로 정면에 보이는 치악산을 바라보며 말했다. 하지만 세리는 치악산이 원주에 있는지 모를 터였기 때문에 세리의 눈에 치악산은 그저 광활한 산이었을 뿐이었다.

그렇게 얼마나 걸었을까. 세리는 동물원 입구에서 30여 분을 걸어 맹수사라고 써진 간판이 보이는 곳에 겨우 도착할 수 있었다. 세리는 그제야 걸음을 멈추고 숨을 골랐다. 세리는 크게 숨을 내쉬었다. 상쾌한 공기가 세리의 코를 찔렀다. 숨이 좀 트인 세리의 눈앞에 맹수사 전경이 보이자, 항만 부두 물류팀장이자 노동조합에서 일했던 자신이 동물원 복지팀장으로 오게 되기까지 지난 일련의 일들이 머릿속을 스쳐 지나갔다.

인천항에 있는 자유 무역회사 물류팀장으로 일하던 중, 용접공인 김태성 대리를 만나 사랑에 빠져 행복했던 순간, 그러나 그 행복했던 순간도 잠시, 김태성 대리는 현장에서 위험하고도 고된 노동 끝에 불의의 사고로 순직하였고, 세리는 그 사고에 대해 합당한 대우를 해주지 않는 회사에 분노와 허탈함을 느껴 노동조합에서 노동자들을 위해, 사람을 위해 일을 하기 시작하였다. 노동자로서 권리를 신장시킨다면 김태성 대리의 죽음에 대한 복수를 조금이나마 할 수 있지 않을까 하는 생각에서였다. 하지만 그러다 자유 무역회사의 사장이 살해당하는 충격적인 살인 사건이 발생하였고, 세리는 그 사건의 진실을 깨닫고 나서는 더 이상 그곳에서, 노동조합에서 일을 할 수가 없게 되었다. 세리는 노동자들을 위해 일했지만, 그 노동자 또한 살인이라는 범죄를 저질렀고, 인간은 결국 다 별반 다름이 없는 존재라는 생각을 하게 되었다. 세리는 자신이 노동자들을 위해 일했던 것이 도대체 무엇을 위해 일했나 하는 회의에 빠졌었다. 그렇게 인간에 대한 실망에 빠지고 인간에 대해 고찰하던 중, 세리의 엄마이자 자유기업 대표회장인 세나는 이런 세리의 상황을 알게 되었고, 세나는 세리를 사람을 관리하지 않는 직책인, 인간과는 한 발짝 떨어져 있고, 동물들과 한 발짝 가까워지는, 동물 복지를 증진할 수 있는 직책인 동물원 복지팀장으로 발령을 냈다. 세리는 지금껏 노동조합에 헌신하느라 동물에 대해 잘 알지 못했지만 어떻게 보면 환기할 좋은 기회라 생각했다. 세리도 여느 여자들처럼 강아지를 좋아하고 고양이를 좋아했으니까. 그래서 지금 세리는 맹수사 간판 앞에 와 있는 것이었다.

그렇게 빠르게 일련의 일들이 머릿속을 스쳐 지나가고 있었을 때, 세리를 부르는 소리에 세리는 정신이 번쩍 들었다.

"복지팀장님이시죠? 어서 오십시오."

인자한 미소, 구릿빛 피부의 크고 건장하고 다부진 체격, 인한이었다. 인한은 부드러운 미소를 띠며 세리에게 인사했다.
"맹수사 팀장 자인한입니다."
인한은 명함을 세리에게 내밀었다. 인한의 거칠고 두툼한 손가락이 그가 살아온 삶을 어느 정도 보여주고 있었다.
"아… 안녕하세요. 이번에 새로 온 복지팀장 이세리라고 합니다. 어떻게 바로 알아보셨네요."
세리는 인한의 명함을 받아들이고 동그란 눈으로 인한을 보며 말했다.
"얼굴에 '나 팀장이다.'라고 쓰여 있는데요, 뭘."
인한은 빙그레 웃으며 농담조로 말했다. 세리도 살짝 미소를 지어 보이며 인한의 심심한 농담에 그저 그렇게 답했다.
"그러면 이제 저희 맹수사 안내해 드리겠습니다. 저 따라오시면 됩니다."
인한은 정중하게 말했다.

***

세리는 인한으로부터 맹수사를 안내받았다. 관람객들이 볼 수 있는 대방사장부터 차근차근 돌기 시작했다. 인한은 방사장마다 나와 있는 호랑이를 소개했다.
"저희는 지금 총 호랑이 일곱 마리를 보유하고 있고, 보시

다시피 1방은 비어 있고 2방에는 샬리, 3방에는 고구려, 백제, 4방에는 최고가 나와 있습니다. 나머지 세 마리 무등, 대한이와 연희는 관람객들이 보지 못하는 소방사장에 있는데, 매일매일 호랑이들 상태를 체크해서 교대로 대방사장에 방사하고 있습니다. 소방사장은 잠시 후 안내해 드리겠습니다."

세리는 인한의 말을 들으며 대방사장을 주욱 훑어보았다. 대방사장에는 나무도 있고, 풀도 있고, 물도 있는 것이 자연 환경과 유사하게 조성돼 있었다. 첫 느낌은 나쁘지 않았다. 세리가 생각했던 것은 사육사가 청소하기 쉽게 만든 차가운 시멘트 바닥과 자유롭게 뛰지도 못하는 좁은 공간에서 호랑이들이 왔다 갔다가 하며 정형행동을 하는 극단적인 상황을 생각했었다. 물론 커다란 맹수가 살기에 좁기는 한 것 같았다. 세리가 생각했던 게 고시원이라면 지금 원주 동물원 대방사장은 1.5룸 정도였다.

"저희 호랑이들은 모두 시베리아호랑이, 즉 과거 우리나라에 살았던 한국호랑이라고 불리는 백두산호랑이죠."

인한은 걸으면서 손바닥으로 대방사장을 전체적으로 가리키며 말했다.

"아… 맞아요…. 시베리아호랑이와 한국호랑이, 백두산호랑이는 같은 종이라고 하더라고요. 저도 동물원 오기 전까지는 몰랐었어요."

"맞습니다. 팀장님. 공부 많이 하셨네요. 그리고 엄밀히 말하면 시베리아호랑이도 시베리아 지방에만 사는 것이 아니기 때문에 아무르호랑이라고 하는 정식 명칭이 있긴 하지만 시베리아호랑이가 대중적으로 널리 알려져 있기에 편의상 시베리아호랑이라고 하는 것이기도 합니다."

"그렇군요…. 감사합니다. 그런데 호랑이는 단독 생활하는 동물이라고 그러는데 두 마리씩도 있네요. 저러면 싸우지 않나요?"

세리가 대방사장 앞을 지나가다가 3방에 커다란 호랑이 두 마리가 있는 것을 보고 말했다. 한 마리는 물에 있었고 한 마리는 높고 그늘진 곳에서 자고 있었다. 인한은 세리의 질문이 자신에게는 너무 상식적인 수준이라 하마터면 웃음이 나올 뻔했지만 그래도 인자한 미소로 대답했다.

"하하. 팀장님, 호랑이를 주제로 공부 정말 많이 하셨나 봅니다. 맞습니다. 호랑이는 독립 후에는 먹이 경쟁을 해야 하므로 단독 생활을 하면서 영역이 겹치지 않게 생활합니다. 하지만 동물원은 먹이 경쟁이 필요 없고, 지금 함께 있는 두 호랑이는 형제로서 어릴 때부터 같이 생활했기 때문에 합사가 가능한 것이지요. 물론 종종 싸우기도 하지만 사람도 같이 살면 부부싸움 하듯이 그런 투덕거림이라 괜찮습니다."

인한은 빙그레 웃으며 말했다. 세리는 동그란 눈으로 인한을 보며 알았다는 듯 고개를 끄덕였다.

"아… 그렇군요. 그리고 또 궁금한 게 있는데 호랑이는 활동반경이 엄청나게 넓다고 하는데 지금 방사장이 좁지는 않나요? 물론 흙바닥에 수풀도 있고, 큰 나무도 있고, 물도 있어서 갖출 건 다 갖춘 것 같긴 한데….”

세리는 옆에서 걷고 있는 인한과 천천히 발을 맞춰 걸으면서 인한에게 물었다. 인한의 저는 듯한 걸음걸이가 세리는 조금 신경 쓰였다.

“하하. 팀장님, 정말 호랑이에 관해 공부를 많이 하셨네요. 맞습니다. 수컷은 영역이 $1{,}000km^2$, 암컷은 $400km^2$로 알려져 있죠. 하지만 야생에서 이 정도 영역을 갖는 이유는 먹이 때문입니다. 먹이를 찾아 넓은 영역을 이동하는 것이죠. 하지만 동물원에서 먹이 걱정이 필요 없기에 그만한 영역이 필요 없습니다. 만약 호랑이들이 좁은 방사장으로 인해 스트레스를 받는다면 수명이 야생보다 적어야 하겠지만 그러지 않습니다. 오히려 야생보다 수명이 길죠.”

인한은 웃음을 머금고 말했다. 세리는 '그런가.' 생각하며 약간 갸웃하면서 고개를 끄덕였다.

“그렇군요… 감사합니다. 저 그리고 또 궁금한 게 있는데… 호랑이는 맹수잖아요. 사냥이 본능인 동물인데 동물원에서 살면 사냥 못 하게 돼서 호랑이답게 살지 못하는 건 아닐까요?”

세리는 동그란 눈으로 인한을 바라보며 물었다. 어느덧 세리와 인한은 대방사장을 돌아 관람객들이 들어올 수 없는 일반인 출입 금지 구역인 소방사장과 내실로 향하고 있었다. 세리는 이렇게 몇 발짝 만에 대방사장을 다 돌다니 확실히 호랑이에게 대방사장은 좁은 게 맞는다고 생각했다.

"하하. 팀장님, 그렇게 호랑이 입장에서 생각하신다니 정말 대단하시네요. 하지만 호랑이도 인간과 다를 바 없는 생명체라고 생각하면 답은 쉽습니다. 생명은 먹음으로써 생명을 유지하죠. 인간도 처음에 사냥과 채집으로 먹이를 얻는 동물이었습니다. 하지만 점차 시간이 지나면서 인간 세계가 복잡해짐에 따라 다양한 방법으로 먹이를 얻게 되었죠. 예를 들어 군인으로서 나라를 지키면서, 간호사로서 사람을 간호해 주면서, 의사로서 사람을 치유해 줌으로써. 그리고 지금 저희도 사육사로서, 복지팀장님은 또 복지팀장으로서 역할을 하면서 먹이를 얻는 것 아니겠습니까. 호랑이도 매한가지라고 보시면 됩니다. 야생에서 사냥하며 먹이를 얻는 호랑이가 있는가 하면, 동물원에서 관람객들에게 행복을 주면서 먹이를 얻는 호랑이가 있는 것입니다. 물론 이 역할을 하게 된 것이 인간에 의한 것이긴 하지만, 현재 지구의 먹이사슬에서 인간이 가장 위에 있으므로 이건 어쩔 수 없는 것이라고 봅니다. 먼저, 호랑이가 맹수라는 프레임에서 벗어나면 이를 이해하기는 더 쉬워집니다."

인한은 말했다. 세리는 인한의 말에 생각이 많아진 듯했다.

"… 아… 그렇게 볼 수도 있긴 하지만… 하지만."

세리를 인한에게 뭔가 말을 하려다가 그만두었다. 인한은 미소를 머금고 세리를 보며 말을 이었다.

"물론 여전히 동물들을 단순히 돈벌이 수단으로만 생각하는 동물원들이 많죠. 그래도 보면 서커스도 없어지고, 동물쇼도, 돌고래 쇼도 없어지는 등 점차 나아지고 있는 것 같습니다. 점차 동물원들이 동물을 관람하는 곳에서 동물을 관리하고 보호하는 곳으로 변화하고 있습니다. 저희도 그렇기에 이렇게 동물복지팀이 생긴 것 아니겠습니까."

인한은 빙그레 미소를 지은 채 말했다. 세리는 머쓱한 미소를 보였다.

"아, 그리고 이제 여기부터 소방사장과 내실 구역입니다. 대방사장과 달리 여기는 일반인 출입 금지 구역이죠."

인한과 세리는 소방사장 앞에 와 있었다. 인한과 세리는 자연스레 일반인 출입 금지 구역이라고 적힌 대문을 지났다. 커다란 나무문이었는데 '쥬라기 공원' 영화 속 정문을 미니어처로 만든 느낌이었다.

"소방사장은 오전에 대방사장에 출근했다가 오후에 퇴근한 호랑이들이 먹이도 먹고 밤을 보내면서 휴식을 취하는 곳이지요."

인한은 손바닥으로 소방사장을 가리키며 말했다. 대문을 지나고 초입에 있는 소방사장은 호랑이 없이 철장들만 우두커니 서 있었다. 소방사장엔 나무도 없고, 물도 없고, 풀도 없고, 흙도 없었다. 단지 얇은 모래와 인위적인 평상 정도만 있었다. 세리가 원래 생각했던 방사장이 이런 곳이었다.

"호랑이들은 야행성이라고 하는데 밤을 이곳에서 보내는 건가요? 생활하기에는 조금 전 봤던 대방사장보다 좁고 열악해 보이는데요…. 야행성인 호랑이가 뛰어놀기에는…."

세리는 걱정스러운 표정으로 인한에게 물었다. 인한은 다시금 세리의 선행학습에 놀란 듯했다.

"하하…, 팀장님 정말 호랑이 이론 박사시군요. 네. 물론, 호랑이들은 야행성으로 널리 알려져 있죠. 하지만 동물원에서 태어난 호랑이는 어릴 적부터 오전, 오후에는 대방사장에 있다가 저녁에는 소방사장으로 이동하는 시스템에 적응했기 때문에 괜찮습니다."

"그래도… 야행성이기에 호랑이도 밤에 대방사장에 나가고 싶을 때도 있지 않을까요? 이건 자유를 억압하는 게…."

세리는 조심스럽게 말했다.

"하하…, 수십 년간 제가 호랑이와 동고동락한 결과, 만약 호랑이가 그게 자유를 억압하는 거라고 느꼈다면 스트레스를 받아 수명이 줄었을 테지요. 하지만 그렇지 않았습니다. 그리고 아무래도 밤에 관리하는 사람이 없다 보니 밤에 대방사장에 풀어놓을 수는 없지요. 혹시나 사고가 발생할 시 대처가 어렵거든요. 대방사장에는 전기 철책도 있고, 하늘도 뚫려 있어서 급작스러운 날씨 변화에 대응해야 하고, 각종 시설물이 많아서 이것저것 주의해야 할 게 많거든요."

"그렇… 겠군요…."

세리는 뭔가 더 할 말이 있었지만 말하지 않았다. 밤에 관리하는 사람이 없으면 사람을 구하면 되는 노릇이고, 수명 얘기는 말이 되지 않는 것이었다. 조선 시대 때 자유를 억압받은 노비들이 수명이 더 적었다는 기록은 어디에도 없었지 않은가. 그렇게 생각하고 있을 즈음 옆에 있는 소방사장에 호랑이 한 마리가 보였다. 그 호랑이는 좁은 소방사장을 계속해서 빙빙 돌고 있었다. 세리는 이것을 보고 '정형행동'이라고 생각했다.

"이 호랑이가 우리나라에서 최초로 태어난 백두산호랑이 대한이지요. 남매인 최고랑 교대로 방사해서 오늘은 이렇게 내실에서 생활하고 있습니다."

인한은 대한이라는 호랑이를 소개했다. 세리는 조금 더 마음이 불편했다. 이런 맹수가 하루 중 대방사장에 나가는 일이 없이 열악해 보이는 이런 소방사장에서 온종일 생활하다니….

"그리고 이쪽으로 오시면…."

인한은 빠른 걸음으로 옆에 다른 소방사장으로 걸어갔다. 세리도 천천히 그를 따랐다. 그때 소방사장들 사이에 있는 관리통로에서 남녀 두 사람이 나왔다. 딱 보아도 사육사인 것 같았다.

"아, 저희 맹수사 식구 소개해 드리겠습니다."

인한은 두 남녀 사육자를 보자 말했다.

"이쪽은 10년 차 베테랑 사육사 박공돌 주임입니다."

인한은 남자 사육사를 손바닥으로 지칭하며 말했다.

"팀장님, 섭하네요. 맹수사는 11년 차고 사육사만 15년 차입니다."

공돌은 장난스럽게 섭섭한 표정을 지으며 말했다. 인한은 그저 미소로 답했다.

"이쪽은 저희 맹수사, 아니 저희 원주 동물원 사육사 마스코트 정지윤 사육사입니다."

인한은 여자 사육사를 보며 말했다. 지윤은 인한의 소개가 민망한지 얼굴을 붉히며 세리에게 인사했다.

"안녕하세요. 동물복지팀장님. 저희 호랑이들 복지 잘 부탁드립니다."

"감사합니다. 제가 더 잘 부탁드립니다. 동물복지를 위해서 열심히 하겠습니다."

세리는 두 사육사에게 인사했다. 지윤은 밝은 미소로 답했고, 공돌은 뭔가 못마땅한 표정이었다.

"그럼 팀장님. 저희 호랑이 마저 소개해 드리겠습니다. 이쪽으로 오시죠."

인한은 정중한 손짓으로 옆에 있는 다른 소방사장으로 세리를 안내했다. 세리는 자연스레 인한을 따랐다. 사육사 지윤과 공돌도 특별히 할 일이 없었는지 같이 따라왔다.
"저희 맹수사 최고령 호랑이인 연희입니다."
한 소방사장 앞에 도착한 인한은 쇠창살 넘어 구석에 있는 한 호랑이를 가리키면서 말했다. 이 호랑이는 유난히 붉은 털을 가지고 있었다.
"연희가 20살이니까 사람 나이로 치면 100세나 다름없죠. 저희 맹수사에서 샬리를 제외하곤 모두 연희의 새끼들입니다. 연희가 새끼들을 많이 낳아준 덕분에 우리나라 호랑이가 많아져 대를 이을 수 있게 되었습니다. 저희 처지에서 연희는 정말 우리나라의 효녀죠."
인한은 아빠 미소를 하고 연희를 보며 말했다. 세리는 연희를 유심히 보았다. 연희는 인한이 온 걸 눈치챘는지 구석에서 천천히 일어나 소방사장 쇠창살 가까이 다가왔다. 그러고는 인한에게 연신 '푸르르르' 하면서 소리를 냈다.
"아. 팀장님, 지금 이거 호랑이가 프루스텐하는 거죠? 호랑이가 친근감 표시로 내는 소리라고 알고 있는데."
세리는 동영상으로만 봤던 것을 실제로 보게 되어 신기함을 느꼈다.
"맞습니다. 하하…, 팀장님 정말 호랑이에 대해 잘 아시네요."
인한은 쇠창살에 손을 대고는 세리를 향해 빙그레 미소를 지으며 말했다. 연희는 쇠창살에 댄 인한의 손을 핥으려 혀를 날름거렸다. 지윤과 공돌은 한 발짝 떨어져서 그 모습을 보고 있었다.

"호랑이가 팀장님을 정말 신뢰하나 보네요."

"아무래도 연희를 새끼 때부터 제가 키워서 그렇습니다. 연희가 야생성이 강해 사람을 별로 좋아하지 않는데도 저한테는 이렇게 프루스텐을 해주니 고마울 따름이지요."

"그렇군요…. 팀장님 정말 대단하시네요…. 그런데, 이 호랑이는 인공 포육으로 자란 건가요? 왜 어미가 키우지 않았죠?"

"아, 그건…."

인한은 빙그레 웃으며 대답하려고 할 때, 크게 인사하는 소리가 끼어들었다.

"안녕하세요~~!"

세리는 갑작스러운 소리에 깜짝 놀란 듯 몸을 움찔거렸고, 인한과 공돌, 지윤도 소리가 나는 방향으로 고개를 돌렸다. 거기에는 알록달록하게 염색한 머리를 뒤로 질끈 동여맨 30대 초중반 정도로 보이는 여자가 생글생글 웃고 있었다. 여자는 멜빵바지를 입고 있었는데 작업복인 듯 멜빵바지 곳곳에 페인트가 묻어 있었다.

"아, 안두나 박제사님."

인한은 고개를 살짝 숙이며 두나라는 여자에게 인사를 했다. 지윤과 공돌은 말없이 그냥 두나를 쳐다보았다. 둘에게서 불편한 기색이 느껴졌다.

"팀장님~ 드디어 존 박제 완성됐거든요~ 동물원 역사관에 곧 전시할 거니까 한번 꼭 보러 와주세요~ 제가 완전 존 생전 모습이랑 똑같이 만들었어요~"

두나는 신나는 목소리로 계속해서 조잘조잘 떠들어 댔다. 두나는 인한 옆에 있는 세리는 신경도 쓰지 않는 듯했다. 그렇게 한참을 떠들던 두나는 시선이 소방사장 쇠창살 너머에 있는 연희에게로 향했다. 인한과 세리, 공돌, 지윤도 두나의 시선을 따라 연희를 향했다. 소방사장 안에는 프루스텐을 하던 연희는 온데간데없고, 귀를 바짝 접고 포복 자세로 엎드린 채 낮은 음성으로 으르렁거리는 연희만 있을 뿐이었다. 연희는 두나를 향해 초저주파 음성으로 으르렁거리고 있었다. 인한 옆에 있던 세리는 처음 들어보는 호랑이의 초저주파 소리에 소름이 돋아나며 오싹함을 느꼈다. 하지만 두나는 그런 연희의 경계에도 아랑곳하지 않고 연희를 향해 성큼성큼 다가갔다.

"아! 네가 연희구나!"

두나는 연희를 향해 밝게 말하고 손을 흔들면서 다가갔다. 그러자 계속 으르렁거리던 연희는 '크아앙' 소리를 내며 두나를 향해 달려들었다. 하지만 쇠창살이 그녀와 두나 사이를 가로막고 있었다. 갑작스러운 연희의 포효와 날렵한 움직임에 세리는 흠칫 놀라며 뒷걸음질을 쳤다.

"연희야, 넌 참 예쁘게 생긴 호랑이구나! 고기 많이 먹고 잘 지내고 있으렴! 내가 나중에 곧 또 찾아올게!"

두나는 연희의 위협적인 으르렁거리는 소리에도 놀라는 기색 없이 쇠창살과 연희 가까이에서 해맑게 말했다. 연희는 계속해서 두나를 향해 위협적인 소리를 냈다. 뒷걸음질 쳤던 세리는 계속 경계하는 연희의 모습이 마음에 쓰였는지 인한을 바라보았다.

"저… 팀장님….”

"연희가 순해 보여도 한 성깔 하는 호랑이지요. 연희 젊은 시절에는 말도 아니었어요.”

인한은 빙그레 미소를 머금고 말했다.

"연희야~ 왜 이렇게 화내~ 내 옷에 존 냄새가 너무 배서 그런가?”

두나는 그렇게 말하고는 자신의 멜빵 바지를 잡아끌어 올려 킁킁대며 냄새를 맡았다.

"별 냄새 안 나는데… 역시 넌 호랑이라 개코구나!”

두나는 몸을 굽혀 연희의 눈높이에 맞추며 말했다. 연희는 계속 달려들 듯이 으르렁거렸다.

"그럼, 팀장님, 전 이만 갈게요~ 우리 연희 맛있는 고기 많이 주세요~”

그렇게 두나는 자기 할 말만 하고 순식간에 사라져 버렸다. 세리는 멍하니 두나가 휩쓸고 지나간 자리를 바라보았다.

"어휴. 진짜 저 사람 좀 오지 않았으면 좋겠어요.”

지윤은 한숨을 크게 쉬며 말했다.

"내가 존 박제된 거 전시되면 불살라 버릴 거야."

공돌은 이를 갈며 말했다. 세리는 불편해하는 지윤과 공돌을 번갈아 바라보았다.

"저분은… 누구… 세요?"

세리는 사육사들한테 물었다.

"박제사 안두나 씨예요. 이번에 연희의 남편이었던 존을 박제했어요. 참 손이 많이 가는 철딱서니 없는 아가씨죠."

인한은 빙그레 미소를 머금은 채 말했다.

6장

변화

    세리가 맹수사를 방문한 지도 몇 주가 흘렀다. 세리도 이제 어느 정도 나름대로 동물원에 적응했다. 세리는 동물원의 남미사, 아프리카사, 야행동물사, 파충류사 등 여러 동물사를 살펴보고 진단을 내렸는데 그중에서도 맹수사에 대해서는 다음과 같은 진단을 내렸다.

    첫 번째로 호랑이 방사장이 좁다는 것이었다. 세리는 대방사장에서 호랑이가 뛰는 모습을 보았는데 좁은 공간으로 인해 호랑이가 계속해서 뛰지 못하고 벽에 가로막히는 상황을 접하게 되면서 이 같은 생각을 하게 되었다. 그리고 백만 보 걷기가 취미인 대한이라는 호랑이가 방사장 안을 계속해서 뱅뱅 도는 모습을 보면서 호랑이 방사장을 더 넓힐 계획을 하였다. 세리는 맹수사 뒤편으로 보이는 치악산 국립공원 초입의 대지를 국가와 조율하여 호랑이숲으로 조성할 장기적인 계획을 세웠다. 항상 호랑이 방사장이 좁다고 노래를 부르던 공돌은 '드디어 새로 온 복지팀장님이 제 생각과 같다.'며 격하게 반겼다.

두 번째는 대방사장에서 소방사장이나 내실로의 출퇴근 시스템이 동물의 자유를 억압하고 있다는 것이었다. 원주동물원 맹수사는 관람객들이 볼 수 있는 네 개의 대방사장과 관람객들이 볼 수 없는 대방사장 뒤편 여러 개의 소방사장, 그리고 동굴과 같은 형태로 시멘트 바닥인 내실로 구분되어 있었다. 호랑이들 관리와 규칙적인 훈련을 위해 대방사장에서 소방사장, 내실로의 출퇴근 시스템을 적용했다고 했다. 하지만 세리가 보기엔 호랑이는 밤에 활발한 야행성이자 길들일 수 없는 맹수였다. 그런 본능이 있는 맹수에게 그러지 않아도 좁은 울타리 내에서 낮에는 대방사장에 있고 밤에는 소방사장이나 내실에 있도록 하는 것은 호랑이 자유를 억압하는 것으로 보였다. 그래서 세리는 대방사장과 소방사장, 내실 사이의 문을 열어두어 자유롭게 이동할 수 있는 시스템을 적용하기로 지침을 내렸다. 동물원 측에선 만약 그렇게 시행해서 호랑이들이 관람객이 볼 수 없는 내실이나 소방사장에만 있고 나오지 않는다면 관람객 항의가 있을 거라는 우려를 제기했다. 이에 세리는 대방사장에 먹이를 주는 형식으로 하면 해결이 된다고 하였다. 그 말에 동물원 측은 더 이상 이의를 제기하지 않았다. 사실 세리 지침이 완벽했다기보다 세리가 원주 동물원 모기업인 자유기업 이세나 대표회장의 딸이라는 사실이 공공연히 퍼져 있기에 그랬을 것이었다.

마지막으로 진단한 세 번째는 방사장 쇠창살 존재가 감옥 같다는 것이었다. 관람객들에게 보이는 대방사장은 그나마 유리창과 철조망 등으로 이루어져 있어 느낌이 덜했지만, 소방사장과 내실은 쇠창살로 이루어진 감옥 같은 삭막한 공간이었다. 이는 죄를 지은 적도 없는 호랑이를 감옥에 가둔 것 같은 느낌을 주었다. 더군다나 쇠창살은 군데군데 녹슬어 있어서 음침함을 더해주고 있었다. 그래서 세리는 소방사장 쇠창살을 유리창과 벽, 철조망 등으로 전면 교체하는 작업을 계획하였다. 철조망과 쇠창살이 뭐가 다르냐는 의견이 있었지만, 세리가 보기에 쇠창살로 이루어진 호랑이 우리는 하늘도 꽉 막힌 감옥이었고, 철조망은 서로가 바라보는 곳이 달라 가까이할 수 없는 두 존재를 나눠놓는 휴전선, 분단선 같은 것이었다. 적어도 철조망을 사이에 두고는 같은 하늘을 바라볼 수 있는 것이었다. 그리고 철 소재가 필요한 부분에 대해서는 녹이 슬지 않는 티타늄 재질로 교체하고, 방사장 출입문은 자물쇠로 채웠던 수동식 개폐 방식에서 비밀번호를 입력하는 전자동식 도어락 형태로 교체하기로 하였다.

동물원 측에서는 '쓸데없는 데에 돈 쓴다.'는 의견이 주류였지만 '재벌 3세여서 돈 많으니까 한다는데 그냥 하자는 대로 합시다.'가 중론이었다.

  이렇게 환영받지 못하는 동물복지팀장 세리의 사업은 시작되었다.

7장

용접공

"어때요? 할만하세요?"

세리는 맹수사 소방사장 철문을 용접하고 있는 시유에게 물었다. 열심히 용접하고 있던 시유는 인기척이 느껴지자, 용접 마스크를 벗고 돌아보았다. 세리가 시유를 향해 미소를 지어 보였다. 세리의 짧은 머리카락과 긴 치맛자락이 바람결에 흩날렸는데 시유 눈에는 그 모습이 아름다운 슬로우 모션으로 보였다. 시유는 괜스레 얼굴이 붉어졌다. 심장도 빠른 속도로 뛰기 시작했다.

"네… 아…. 뭐…."

시유는 우물댔다. 사실 시유가 용접공 일을 하게 된 것도 세리 덕분이었다. 2년 전 별다른 일자리 없이 백수 생활을 하던 시유는 아는 동생의 여자친구였던 매구의 추천으로 인천항 물류창고에서 일하게 되었고, 인천항에서 살인 사건이 발생하자 다시 또 백수 생활을 시작할 뻔했는데, 당시 물류팀 팀장이던 세리의 추천과 지원으로 용접 일을 배우기 시작한 것이었다. 그렇게 시유는 용접 기능사 자격을 취득하였고 이젠 어엿한 용접공이 된 것이었다.

"이제 점심시간인데 쉬엄쉬엄하세요. 옆에 호랑이들도 조심하시고요."

세리는 곁눈질로 옆 소방사장을 가리켰다. 시유도 세리 시선에 따라 옆 소방사장을 보았다. 소방사장에는 호랑이가 어슬렁거리며 돌아다니고 있었다.

"호랑이는 야행성인데 아무래도 용접할 때 나는 빛과 소음 때문에 예민할 거예요."

세리는 호랑이와 시유를 번갈아 보며 말했다.

"네…. 조심…. 할게요."

시유는 쭈뼛대며 말했다. 세리는 미소로 화답했다.

"아, 그리고 식사는 저 바로 밑에 호랑이 식당에서 드시고 싶은 거 드시면 돼요. 제 이름 달아서 금액 넣어놨으니까 계산하실 때 제 이름 말씀하시면 되고요. 같이 먹고 싶은데 저는 일이 있어서요."

세리는 호랑이 식당 쪽을 가리키며 말했다.

시유는 얼른 점심시간이 되기를 기다렸다. 공짜 밥만큼 맛있는 밥도 없었다.

***

잠시 뒤, 시유는 호랑이 식당으로 갔다. 먹고 싶은 메뉴가 한가득하였지만, 메뉴를 많이 시켰다간 세리가 자기를 돼지라고 생각할 것 같아서 적당히 돈가스 메밀 세트를 주문하였다. 잠시 뒤, 살짝 아쉬워 보이는 돈가스 메밀 세트가 나왔다. 시유는 음식을 자리로 가지고 와서 먹기 시작했다. 본격적으로 '파오후 쿰척쿰척' 소리를 내며 먹고 있었는데, 그때 누군가가 뒤에서 시유의 양어깨를 잡았다.
"시유 오빠!"
집중해서 돈가스를 먹고 있던 시유는 갑작스러운 소리와 접촉에 화들짝 놀랐다. 까무러치게 놀라는 바람에 시유는 먹고 있던 돈가스를 땅에 엎어버리고 말았다. 시유는 화가 치밀어 올랐다. 화를 버럭 내야지 하며 뒤를 돌아봤는데 거기엔 아리땁고 귀엽고 예쁘고 앳돼 보이는 한 여자가 있었다. 그녀는 매구였다. 매구는 시유가 돈가스를 엎어버릴 정도로 놀랄 줄 몰랐던 듯 미안한 표정을 짓고 있었다. 시유는 초롱초롱한 눈망울의 매구를 보자마자 화를 내려던 마음은 눈 녹듯 사라졌다.

"아… 죄송해요… 오빠…. 여기서 오빠를 만나니 그냥 너무 반가워서….”

매구는 황급히 땅에 떨어진 돈가스를 주우며 말했다. 매구는 하늘하늘한 흰 원피스를 입고 있었는데, 바닥에 떨어진 돈가스를 치우기 위해 쪼그려 앉는 바람에 매구의 하얗고 맑은 다리의 맵시가 드러났다. 시유의 눈은 자연스레 매구의 다리 쪽으로 향했다. 시유는 그 모습을 보고 역시 매구는 천사 같다고 생각하며 얼굴이 붉어졌는데 다행히 매구는 눈치를 채지 못한 듯했다.

"아… 괜찮아… 어차피 다 먹어가는 중이었어. 내, 내가 치울게.”

시유는 땅에 떨어진 음식물을 치우는 매구를 향해 말하며 같이 쪼그려 앉았다. 음식물을 치우려 하는데 매구의 하얀 팔에 시유의 손이 스쳤다. 아주 살짝이었지만, 매구의 흰 피부는 너무나 보드라웠다. 시유는 심장이 터질 듯이 엄청나게 빨리 뛰었다. 그런 사이, 매구는 음식물을 다 정리했다.

"여기서 오빠를 다 만나네요. 신기해요.”

어느 정도 정리가 되자 매구는 시유 건너편 자리에 자연스레 앉으며 생글생글 웃으며 말했다.

"그… 그러네…. 여기는…, 어쩐 일로?”

시유는 용기 내어 매구에게 질문했다. 시유는 여자에게 질문하기까지 입을 떼는 게 어찌나 어려운지 몰랐다.

"제가 먼저 묻고 싶었던 말인데요~ 저는 여기 거의 매주 와요~"

매구가 친근한 미소를 보이며 말했다.

"아…. 진짜…?"

시유는 공감 리액션을 최대한으로 표현했다. 여자는 공감을 해주는 남자에게 매력을 느낀다고 어디선가 본 적이 있었다.

"네! 저 호랑이 엄~청~ 좋아해서 보고 싶어서 자주 와요!"

매구는 두 손을 모으고 사랑에 빠진 듯한 표정을 지으며 말했다. 시유는 매구의 말에 깜짝 놀랐다. 자신이 지금 호랑이 방사장 용접 일을 하고 있었기에 공통점이 느껴졌다.

"오…. 진짜? 나 지금 거기서 일하는데…."

시유는 내심 공통점을 어필하며 말했다. 여자와는 공통점이 있다면 더 가까워질 수 있다고 어디선가 본 적이 있었다.

"와! 정말요? 여기 맹수사에서요? 완전 멋있다~ 무슨 일 하시는데요?"

큰 눈이 더 커진 매구는 조용하게 물개 박수를 치며 말했다. 시유는 매구의 그 모습이 너무나도 귀여워 보였다.

"그냥…. 뭐…. 용접 일 좀 하고 있어. 호랑이 우리 고치고 있어…."

시유는 나름 겸손한 척 자랑스레 말했다. 여자는 남자가 전문적이지만 겸손함을 보일 때 매력을 느낀다고 어디선가 본 적이 있었다.

"와아~ 진짜 대단하시네요! 용접 일은 언제 또 그렇게 배우신 거예요?"

계속된 매구의 칭찬에 시유는 머쓱했다. 여자가 남자를 칭찬한다면 그것은 여자가 남자한테 관심이 있다는 것이라고 어디선가 본 적이 있었다.

"저번에…. 네가 소개해 준 인천항 일 이후로 배웠어…. 해 보니…. 재밌더라고…."

시유는 이번에 두 가지 이론을 써먹었다. 여자와 관련된 일을 지나가듯 툭 던지며 기억해 주면 여자가 감동한다고 어디선가 본 적이 있었다. 그리고 여자는 자기 일을 즐기면서 열심히 하는 남자를 좋아한다고 어디선가 본 적이 있었다. 시유는 이렇게 두 가지 전략을 한꺼번에 써먹은 자신이 뿌듯했다.

"오빠 정말 전문가다우시네요~ 그래서 요새 계속 맹수사 뒤편에서 공사 소리가 들린 거였군요. 예민한 호랑이들이라 소리 때문에 스트레스받지 않을까 걱정이었는데…."

매구는 걱정스러운 표정을 지었다. 시유는 짐승 감정까지 생각하는 매구가 천사임이 틀림없다고 생각했다.

"괘… 괜찮아…. 내가…."

시유가 호랑이들 스트레스받지 않게 책임지겠다는 듬직한 말을 매구에게 보여주려고 할 때 매구의 뱃속에서 '꼬~르~륵' 하는 큰 소리가 들렸다.

"아하하…, 뭐 좀 얼른 주문해야겠네요. 밥 먹으러 온 건데 오빠 만나서 반가움에 계속 이야기만 했네요."

"그… 그래…."

시유는 사실 식당에서 매구를 만난 순간부터 예상했다. 이번에도 자신이 매구의 밥값을 낼 것이라는 걸. 하지만 이번엔 조금 다른 상황이었다. 세리가 밥값을 미리 내놨기에 자신은 밥값을 쓸 일이 없었다.

매구는 떡볶이를 시켰다. 떡볶이를 오물대며 조잘조잘 떠들어 대는 모습은 영락없는 20대 아가씨였다. 매구는 한참 동안 호랑이 이야기를 하면서 신나 했다.

"이 영상 진짜 귀엽죠? 대한이라는 앤데 새침하게 앉아서 왕발로 이렇게 작은 나뭇가지를 뜯고 논다니까요~ 특히 나뭇가지 물어뜯으면서 고개를 휙휙 돌릴 때 너무 치명적으로 귀여워요~"

매구는 마치 자식 자랑하듯 영상을 시유에게 보여주며 말했다. 시유는 사실 호랑이에 별로 관심이 없었지만, 매구가 이렇게 좋아하는 모습을 보니 괜히 자신도 호랑이에 관심을 가져야만 할 것 같았다.

"그… 그러네…."

시유는 매구가 보여준 영상을 열심히 보려고 노력하며 말했다. 영상 속엔 호랑이 한 마리가 있었다. 확실히 호랑이는 무서우면서도 멋진 동물이었다.

"아 참, 오빠, 제가 뭐 좀 드릴게요. 잠시만요."

매구는 무언가 갑자기 생각난 듯 영상을 보여주다 말고 자기 가방을 주섬주섬 뒤지기 시작했다. 시유는 살짝 기대감이 차올랐다. 내가 드디어 여자에게 선물을 받는 것인가 하는 기대감이었다. 매구는 가방을 뒤지면서 호랑이 사진, 호랑이 달력, 호랑이 스티커, 호랑이 머그컵 등 이것저것을 꺼내기 시작했다. 그렇게 얼마나 가방을 뒤졌을까. 매구는 "아! 찾았다!" 하는 말과 함께 작은 물건 하나를 꺼냈다.

"열쇠고리예요~ 최고라는 호랑인데 정말 정말 예쁜 호랑이예요~"

매구는 소중한 물건을 다루듯 가녀린 두 손으로 호랑이 사진이 걸린 열쇠고리를 시유에게 내밀었다.

"어…. 고마워…."

시유는 조심스레 매구의 두 손에서 열쇠고리를 집어 들었다. 열쇠고리를 집어 들 때 매구의 손에 자기 손이 닿지 않게 하려고 하였으나 내심 닿았으면 하는 마음이 분명했다. 하지만 닿지 않아 아쉬웠다.

"제가 드리는 선물이에요~"

매구는 장난스러운 미소를 지으며 말했다. 시유는 괜스레 얼굴이 붉어졌다. 시유가 별말을 하지 않자, 매구가 말을 이었다.

"오빠, 밥도 먹었으니, 산책도 할 겸, 제가 우리 호랑이 방사장 둘러보며 소개해 드릴까요?"
시유에겐 데이트 신청으로 들렸다.

***

시유와 매구는 계산대에 섰다. 시유는 늘 그랬듯이 자연스레 자신이 계산대 앞으로 갔다. 그러고는 '이세리' 이름을 말하고 계산해 달라고 하였다. 옆에서 주위 화분의 꽃을 보며 딴청을 피우던 매구는 세리라는 이름을 듣자 놀라며 시유 쪽으로 가까이 왔다.
"어? 세리 언니요?"
매구가 시유에게 물었다.
"으… 응…. 여기 팀장으로 왔더라고."
시유는 우물대며 말했다. 시유는 다른 여자인 세리에 대해 아무런 관심도 없다는 듯 무덤덤하게 말하려고 하였다. 여자의 적은 여자라고 했던가. 이것도 어디선가 본 적이 있었다.
"와~ 신기하네요. 여기에 언니가 계신다니. 오빠도 그렇고 저희 인연이 있나 봐요. 세리 언니한테도 연락해 봐야지~"
매구는 즐겁게 말했다. 시유는 인연이라는 매구의 단어 선택에 얼굴이 붉어졌다. 그때, 계산대 직원이 대화에 끼어들었다.
"이세리 님 성함으로는 만 원 선결제돼 있네요. 떡볶이 세트, 돈가스 우동 세트 드셨으니까 차액 2만 원 더 결제해 주시면 됩니다."

직원 말에 시유는 조금 당황하였다. 시유는 매구가 옆에서 딴청을 피우려고 하는 기분이 들었다. 시유는 황급히 지갑을 찾았다. 오늘도 밥값 결제는 역시 시유 몫이었다.

***

"호랑이도 사람이랑 똑같은 것 같아요. 저희도 처음에 사람을 만나면 누가 누군지 구별 잘 못하잖아요. 마치 백인들은 다 똑같이 생긴 것 같고, 흑인들도 마찬가지고요. 하지만 관심을 두기 시작하고 만나다 보면 굳이 설명하거나 생각하지 않아도 누가 누군지 알게 되죠. 호랑이도 마찬가지인 것 같아요. 호랑이도 관심을 가지고 자주 보고, 자주 만나다 보면 누가 누군지 자연스레 알게 되더라고요."

매구는 시유 옆에서 걸어가면서 조잘조잘 말했다.

"그… 그렇겠네…. 그러면 여기 있는 호랑이들 얼굴만 보고 누가 누군지 아는 거야?"

"네! 여기 있는 호랑이들 이름도 다~ 다르고~ 살아온 호생도 다~ 달라요~ 그걸 알면 호랑이들을 한층 더 잘 이해할 수 있게 되는 것 같아요!"

시유는 호랑이 이야기를 할 때마다 밝아지는 매구의 모습을 느꼈다. 마치 자신이 매구를 생각하듯 매구는 호랑이를 생각하는 것 같았다. 매구의 일방적인 호랑이 이야기로 어느샌가 둘은 대방사장 앞에 와 있었다. 한여름 무더운 날씨임에도 관람객들로 붐비고 있었다. 유모차를 몰고 있거나 소리를 지르며 뛰어다니는 어린아이들이 있는 가족과 커플이 대부분이었다. 시유는 다른 사람들이 보기에 자신과 매구도 지금 커플로 보이지 않을까 하는 생각이 들었다.

시유와 매구는 관람객이 볼 수 있는 네 개 대방사장 중 하나인 1방사장 앞에 왔다. 1방사장에는 호랑이가 나와 있지 않았다. 호랑이가 없다 보니 주변에 관람객도 없었다. 관람객은 대부분 2, 3, 4방사장에 있었다.

"여기는 1방인데 다른 방에 비해 확연히 좁은 방이에요. 5년 전에 연희가 마지막 세 자매를 낳았을 때 여기서 키웠고 그 뒤에는 존이 배치되어 1년 전 존이 호별*로 가기 전까지 나왔었어요. 존이 나이를 먹다 보니까 활동량이 줄어서 1방에 배치했었던 것 같은데 존이 여기서는 좀 무력해 보이더라고요. 아무래도 방이 좀 좁다 보니까 사람들 소리가 가까이에서 들려 존이 민감해했던 것 같아요."

"존…?"

시유는 존이 누군지 몰랐다.

---

* 호랑이별

"연희의 남편이에요. 진짜 잘생긴 호랑이였죠."

매구는 그렇게 말하고 다시 또 가방을 주섬주섬 뒤지더니 사진 한 장을 꺼내서 시유에게 보여주었다. 날카로운 눈매에 부리부리한 눈, 너무 마르다 싶을 정도의 슬림한 몸매가 인상적인 호랑이였다.

"참 점잖고 카리스마 있는 호랑이였어요. 이 강렬한 눈빛에 다들 반했다니까요~ 완전 야생의 눈빛이죠?"

매구는 존 사진을 몇 장 더 보여주며 말했다. 하지만 시유 눈에는 그저 한 마리 호랑이에 지나지 않았다.

"연희가 야생에서 구조된 호랑이라 혈통이 워낙 중요해서 짝을 만들어 주려고 했거든요? 그런데 연희 눈이 워낙 높아서 선보는 호랑이마다 다~ 퇴짜를 놓는 거예요~ 그래서 참 애가 타고 있었는데 '마지막이다.' 생각하고 독일에서 존을 어렵사리 데리고 왔어요. 그런데 이게 웬걸요? 연희가 존을 보더니만 한눈에 반해버렸지요~ 우리 연희가 잘생긴 건 또 알아가지고."

매구는 마치 주변 친구 이야기하듯 즐겁게 말했다. 시유는 호랑이들에게 이런 스토리가 있다는 게 신기하기도 했고, 이걸 또 어떻게 다 알고 있는 매구도 대단하고 신기해 보였다.

"그런데 여기서 또 문제가 있었어요. 존이 사실 독일에서 이미 한 번 장가를 간 적이 있었어요. 그냥 장가도 아니고 일반적인 호랑이 습성과는 다르게 새끼들 양육까지 한 아빠 호랑이였죠. 그래서 그런지, 존이 독일을 그리워했던지, 처음에 연희를 냉대했었어요. '동물농원' 프로그램에도 연희랑 존 연애 초창기 시절 방송이 나왔는데 존이 연희 피해서 도망 다니는 게 진짜 너무나 웃겨요."

매구는 혼자서 웃음을 지으며 말했다. 시유는 사실 뭐가 웃긴진 이해가 되지 않았다.

"그런데 우리 연희가 누구냐, 정말 애교 여왕이라 결국 존을 꼬시는 데 성공했죠. 연희가 유독 앞발을 잘 사용하는 영리한 호랑이인데 앞발로 존을 툭툭 치며 애교부리는 게 진짜 귀여웠어요~ '동물농원'에 영상이 있는데 정말 수백 번 본 것 같아요~"

"아…."

시유는 뭔가 지금, 이 상황이 신기했다. 사실 매구의 호랑이 이야기는 귀에 별로 들어오지 않았다. 지금 자신의 옆에서 예쁜 여자가 이렇게 즐겁게 이야기하는 이 상황이 신기했다.

"그렇게 연희와 존은 금실이 좋아서 이후에 열세 마리나 새끼를 낳았어요~"

"와, 열세 마리나…? 대단하네…."

시유는 리액션 이론을 써먹었다. 사실 짐승이 열세 마리를 낳건, 백 마리를 낳건 말건 별로 상관이 없었다. 하지만 시유에게 리액션은 중요했다. 여자는 자신의 이야기를 잘 들어주는 남자에게 매력을 느낀다고 어디선가 본 적이 있었다.

"근데 사실 존만 생각하면 씁쓸하긴 해요…. 멀리 처자식을 남겨두고 타국으로 와서 한국 닭고기가 입에 맞지 않았는지 잘 먹지도 않아서 큰 체격에 비해 마르기도 했고…. 넓은 방사장에서 뛰어놀았어야 했는데 1방에서 쓸쓸히… 저 해먹을 존이 참 좋아했었는데….”

매구는 1방사장 텅 비어 있는 해먹을 바라보며 말했다. 매구의 초롱초롱한 눈망울이 금방이라도 울음을 터뜨릴 것처럼 글썽거렸다. 매구가 글썽거리자, 시유는 조금 당황했다. 벌써 여자를 울리기까지 하는 남자가 되고 싶진 않았다.

"정말 슬픈 건 박제가 되었다는 거예요…. 야생에서 뛰어야 할 아이가 동물원에서 태어난 것도 서러운데 죽어서까지 자연으로 돌아가지 못하고 박제가 되어서… 작년에 존이 호별로 가고 박제하기로 결정 났을 때 많이 울었어요…. 독일 사육사분이 존을 우리나라로 보내실 때 호랑이 케이지에 독일어로 '한국에서도 멋진 호랑이가 되거라, 존.'이라고 써준 게 생각나 너무나 미안하고….”

매구는 훌쩍댔다. 시유는 이날을 위해 손수건을 가지고 다녔다. 시유는 무심한 척 매구에게 손수건을 내밀었다. 훌쩍대던 매구는 금세 시유의 손수건을 받아 들고는 코를 팽하고 풀고 돌려주었다. 시유는 조금 당황했지만, 손가락 두 개로 손수건을 돌려받아 챙겼다.

"아, 오빠, 죄송해요. 제가 괜히 1년이나 지난 얘기를 해서….”

"아니야…. 1년밖에 안 됐는데….”

시유는 다시금 매구의 말에 공감을 표현했다. 여자는 공감을 해주는 남자에게 매력을 느낀다고 어디선가 본 적이 있었다.

"고마워요… 오빠…. 오빠는 역시 착한 분이시네요…. 이제 우리 호랑이들 만나러 옆방으로 갈까요?”

매구는 작고 하얀 손으로 시유의 팔목을 잡고 옆에 있는 2방사장으로 향했다. 시유는 순간 심장이 멎는 줄 알았다. 시유는 그대로 매구의 손에 이끌려 2방사장 앞에 도착했다. 2방사장은 1방사장에 비해 확실히 넓고 나무도 많고 물도 폭포도 있고 시냇물처럼 흐르고 있었다. 잘 조성된 방사장처럼 느껴졌다.

"여기가 2방인데 호랑이 대방사장 네 군데 중 가장 넓어요. 폭포도 저렇게 멋지게 있고요.”

매구는 손가락으로 폭포를 가리켰다. 인공폭포에는 시원해 보이는 물줄기가 시원한 소리를 내며 쏟아지고 있었다. 하지만 한눈에 호랑이는 보이지 않았다.

"여기는 5년 전에 태어난 연희의 늦둥이 세 자매 중 막내인 무등이가 있는 방이에요~ 저기 굴 같은 데 보이시죠? 저기 안에서 자고 있네요.”

매구는 방사장 구석에 굴을 가리키며 말했다. 그늘진 굴 안에 호랑이 줄무늬가 보였다. 잘 보이지 않았다.

"무등이는 어릴 때부터 호기심이 많아서 유리창 앞에 쪼그려 앉아 바깥을 구경하는 것을 좋아했어요. 이 울타리 밖 세상을 궁금해하는 호기심 많은 여자애죠. 자연 포육이지만 사람을 좋아하고요. 마음 같아서는 데리고 바깥 구경시켜 주고 싶지만 아무리 사람 좋아하고 귀여워 보여도 맹수는 맹수니…."

매구는 저 멀리 잘 보이지도 않고 잠만 자는 호랑이 무등이를 보며 말했다. 시유는 매구의 설명이 별로 와닿지 않았다. 단지 매구의 여성스럽고 귀엽고 애교가 느껴지는 목소리를 가까이에서 들을 수 있어서 좋았다. 그때 주위에 관람객들이 하나둘씩 모이기 시작했다. 아마도 매구와 시유가 방사장 안을 보고 있어 사람들이 자연스레 모여든 것 같았다.

"여기 뭐야?"
"호랑이라는데?"
"어디 있어?"
"없는 거 같은데?"
"저기 있다. 저기 멀리."
"자고 있네."
"맨날 자네."
"잠만보네."
"너처럼 게으르네."
"어디 아픈 거 아니야?"
"좀 깨워봐."

"야!!! 일어나!!!"

"가자."

"재미없다."

"올 때마다 잠만 자네."

"죽은 거 아니야?"

사람들이 저마다 소란스러운 목소리를 내면서 방사장을 지나쳤다. 아이들은 소리를 지르면서 뛰어다녔고, 중년 남성은 유리창을 두드렸고, 여자들은 사진 찍기에 바빴다. 하지만 호랑이가 잠만 자고 별 반응이 없자 이내 곧 방사장을 떠났다.

"그럼… 오빠, 이제 옆방으로 가볼까요?"

매구는 소란스럽게 하는 관람객들을 살짝 쳐다보고는 말했다. 매구가 그들에게 무언의 말을 하는 것 같았다.

"그… 그래…."

시유는 매구 눈치를 보며 말했다. 마냥 착해 보이기만 하던 매구가 이렇게 불편해 보인 적도 처음 보는 것 같았다. 잠시 침묵이 흘렀다가, 매구는 옆 방사장으로 이동하면서 말했다.

"샬리라고 2방에 무등이랑 교대로 나오는 수컷 호랑이가 있는데 이번에 무등이 짝으로 데려왔대요. 무등이가 짝을 만나다니 정말 감개무량하더라고요. 무등이가 제일 막둥이고, 엄마 연희만 졸졸 따라다니던 엄마 껌딱지던 시절도 있었는데 벌써 이렇게 짝을 만날 정도로 컸다니… 제가 세 자매가 태어날 때부터 봤었거든요. 그래서 정말 아기 때부터 봤던 호랑이들이 이렇게 크니까 신기해요."

"… 세 자매? 아까 한 마리만…."

시유는 매구의 말에 용기 내어 질문했다. 사실 매구가 하는 말 내용을 이해하지 못했지만, 매구의 말 중 '세 자매'를 듣고는 질문한 것이었다.

"아! 그걸 말씀 안 드렸네요. 호랑이 세 자매는 연희가 14살 때 존 사이에서 마지막 늦둥이로 낳은 호랑이예요. 이름이 인왕, 치악, 무등인데 공모전 해서 지은 이름이에요. 우리나라에 인왕산호랑이, 치악산호랑이, 무등산호랑이라는 말이 있듯이 우리나라를 호령하라는 뜻에서 지은 이름이죠. 세 자매 중 첫째인 인왕이는 경상도 수목원 호랑이숲으로 이사 갔어요. 거기서 남편도 만나서 새끼도 낳고 잘 지내고 있어요. 경상도 수목원은 정말 넓어서 호랑이가 살기에 좋겠더라고요. 연희가 손주 언제 보나 했는데 인왕이 덕분에 손주를 보게 되었죠. 인왕이도 참 멋진 호랑이예요. 세 자매 중 첫째답게 카리스마도 넘치는 장군감이죠. 그리고 둘째인 치악이는…."

치악이라는 말을 하고는 말을 더 바로 잇지 못한 매구의 표정에서 아련해지는 게 느껴졌다.

"5년 전에 돌 지나고 얼마 되지 않아서 호별로 갔어요…. 고양이 전염병 때문에요…. 동물원 측에서 예방 접종도 했다고 했는데…. 호랑이는 생후 50일만 지나면 위험한 시기는 다 지나서 잘 큰다고 들었는데… 그것도 막상 아니었고…. 돌잔치도 했었는데….”

매구의 큰 눈망울이 그렁그렁해졌다. 시유는 매구가 또 우는 것이 아닌지 걱정됐다. 아까 매구가 코를 푼 손수건을 다시 건네기는 어려웠기 때문이었다.

"치악이는 정말 예쁜 아이였어요. 정말 순하고 예쁜 왕언니 최고를 닮아서 미래가 기대되는 아이였는데….”

매구는 눈물이 흘러내릴 듯 말 듯 코를 훌쩍이며 말했다. 시유는 어쩔 수 없이 조금 전 매구가 코를 푼 손수건을 반으로 접어 무심한 척 매구에게 건넸다. 이번에 매구는 손수건을 받아 들고는 손수건 크기가 너무 작아 보였는지 한번 펼치고는 눈물을 닦았다.

"정말 고마워요…, 오빠….”

매구의 말에 시유는 흠칫했다.

그러면서 둘은 어느덧 3방사장 앞에 와 있었다. 3방사장도 흐르는 물에 울창한 나무와 풀이 잘 조성된 방사장이었다. 특기할 만한 점은 물웅덩이가 방사장 유리창에 붙어 있어 물에 들어가 있는 호랑이를 잘 볼 수 있게 해놓은 구조였다. 하지만 3방사장도 한눈에 호랑이를 찾기 어려웠다.

"아! 여기는 3방이에요. 연희가 9살에 세 번째로 낳은 2남 2녀 중 형제인 고구려랑 백제가 함께 살고 있는 방이에요. 나머지 2녀는 신라랑 가야인데 각각 일본과 캐나다로 갔어요. 고구려, 백제 형제는 지금까지 남아서 투덕거리면서 잘 지내고 있어요. 저기 굴속에 있는 고구려는 우리나라에서 제일 큰 호랑이예요~ 저 얼굴에 멋진 갈기 보이시죠? 저희는 저 갈기 보고 단발머리라고 놀려요~ 생긴 건 산군이라 칭할 만큼 무섭고 카리스마 있게 생겼는데 알고 보면 순하고 착하고 따뜻한 남자예요~ 고구려가 특히 나무를 정말 좋아하는데 저 덩치로 3방 나무들을 끌어안는 바람에 3방 나무들이 남아나질 않아요."

매구는 방사장 안 굴속을 가리키며 말했다. 호랑이가 있긴 있었는데 너무 멀리, 그리고 높이 있어서 모습이 제대로 보이지 않았다.

"그리고 반대쪽 굴속에 하얀 발만 나와 있는 거 보이시죠? 저 아이는 고구려 동생 백제인데 억울해 보이는 얼굴과 하얀 왕발이 매력 포인트예요~ 물을 좋아해서 물범이라는 별명도 있어요~ 억울하게 생긴 얼굴과 다르게 형인 고구려한테 시비를 자주 걸어요~"

매구는 반대쪽을 가리키며 말했다. 이번에는 더 보이지 않았다. 시유는 호랑이들이 다 자고 있으니까, 흥미가 더 생기지 않았다.

"여기도 다 자고 있네…."

시유가 음울하게 말했다.

"아! 호랑이는 야행성이라 낮에는 대부분 잠을 자요. 특히 더위에 약한 시베리아호랑이는 이렇게 더운 날씨에는 더 오랫동안 쉬면서 잠을 자죠. 그래서 호랑이들이 활발하게 움직이는 때는 보통 비나 눈이 오거나 추울 때, 그리고 방사장 출근 전이나 방사장 퇴근 직전이에요."

매구가 검지를 들어 올리며 설명했다.

"근데 정말 아쉬운 게 저렇게 크고 멋진 수컷 호랑이들인데 짝이 없어서…."

시유는 매구의 '짝'이라는 말에 괜히 흠칫했다. 시유에게 짝이라는 단어는 뭔가 부러우면서도 자기 입으로 말하기 남사스러운 단어처럼 느껴졌다.

"원주 대공원에 있는 호랑이들은 모두 야생 개체인 연희의 아기들이라 유전적으로 중요해서 혈통 보전을 위해 국제 동물원 협회에서 짝을 정해줘야 맺어줄 수 있대요. 사실, 그게 뭐가 중요하나 싶어요. 호랑이들끼리 만나서 서로 좋으면 되는 거지. 마치 서양인이랑 동양인 결혼을 막는 느낌이랄까요."

그렇게 말하면서 매구와 시유는 자연스럽게 옆 4방사장으로 이동했다. 옆에서 조잘조잘 떠드는 매구를 뒤로하고 시유는 자신이 인생에서 과연 짝을 만날 수나 있을까 하는 생각을 했다. 그런 생각을 하다 보니 어느덧 4방사장에 도착해 있었다. 4방사장에도 나무와 물웅덩이도 있는 것이 역시 2, 3방사장만큼 좋은 환경처럼 보였다. 하지만 역시 한눈에 호랑이를 찾기 어려웠다.

"여기도⋯. 호랑이가⋯. 잘 안 보이네?"

"조기~ 쪼오~기에 있어요. 저~어기 풀숲에요."

매구는 까치발을 하면서 손가락으로 방사장 안을 가리켰다. 시유는 매구가 가리키는 손가락 방향을 향해 시선을 옮겼지만, 매구가 가리키는 방향이 정확히 어딘지 잘 알기 어려웠다. 시유의 눈은 매구가 가리킨 방향 쪽에서 한참 동안 서성였다. 그러다 결국, 구석 멀리 풀숲에서 호랑이 한 마리가 엎드려 자는 것을 찾아냈다.

"아⋯. 저기 있네⋯. 호랑이 찾기 어렵네⋯."

호랑이는 두툼한 두 앞발을 포갠 채 얼굴을 앞발에 기대어 자고 있었다.

"꼭 숨은그림찾기하는 것 같아⋯."

시유는 나름대로 회심의 유머를 던졌다.

"네. 하하⋯, 호랑이 줄무늬가 풀숲이랑 어우러져서 찾기 어려우셨죠?"

매구의 웃음에 시유는 성공을 느끼며 회심의 미소를 지었다. 매구가 말을 이었다.

"저 애는 대한이라고 해요~ 연희와 존 13남매 중 맏이이자 17년 전 '동물농원' 방송으로 유명한 호랑이 삼 남매 중 첫째예요~ 아름답고 우아하고 기품 넘치는 엄마 연희를 제일 많이 닮아서 수컷인데도 다른 형제에 비해 덩치가 작고,

물론 큰 호랑이지만, 예쁘장하게 생겨서 '꽃대한'이라는 별명이 있어요~ 옅은 털색이랑 새침하게 올라간 눈꼬리, 카리스마 있는 눈빛, 옥색 눈동자. 정말 왕대라 불릴 만한 우리나라에서 태어난 소중한 호랑이예요."

매구는 열심히 설명했다.

"대한이는 사람 손에 길러졌는데도 특이하게 사람을 별로 좋아하지 않아요. 조심성도 많아서 경계심도 많고요. 야생성이 강하다랄까? 그래서 더 멋진 것 같아요~"

매구는 4방사장 유리창 앞에 있는 난간에 양팔을 편하게 올려놓으며 말했다.

"그… 그렇군…. 여기는 한 마리만 있네…."

시유는 조금 전 3방사장에서는 호랑이 두 마리였던 게 기억나 아무 말이나 뱉었다. 그 말에 매구의 표정이 어두워지는 게 느껴졌다.

"아… 사실 대한이도 고구려, 백제 형제처럼 형제가 있었어요. 민국이라고. 그리고 지금 대한이가 자는 저 자리는 예전에 민국이 자리였었어요."

매구는 씁쓸한 표정을 지으며 말했다. 시유는 괜히 자기가 말실수를 한 건 아닌지 걱정되었다.

"대한, 민국 형제 얘기를 하기 전에 먼저 대한이랑 민국이, 그리고 여동생인 최고가 연희의 첫 번째 아이들이었다는 이야기부터 해드릴게요."

매구는 긴 이야기를 하려는 듯 심호흡을 했다.

"러시아에서 우리나라로 온 연희가 17년 전 존과 짝을 맺어 첫 번째 아기들로 호랑이 삼 남매, 즉 대한, 민국, 최고를 낳아 내실인 산실에서 한 달가량 잘 키우고 있었어요. 동굴처럼 만들었던 그 산실엔 청소를 쉽게 하기 위한 수도꼭지가 있었죠. 그런데 그 수도꼭지가 문제의 발단이었어요. 관리자가 없던 밤사이, 연희가 건드렸든지 어떻게 했든지 수도꼭지가 파손이 돼버렸죠. 그로 인해 수도꼭지에서 물이 산실 내로 콸콸콸 쏟아지게 되었어요. 아침에 당시 사육사님이 출근해서 보니 산실은 온통 오물 천지인 물바다가 돼 있었고, 연희를 포함한 새끼 세 마리는 산실 쇠창살에 붙어 간신히 몸을 부지하고 있었죠. 사육사님은 깜짝 놀라서 산실 문을 열었고 놀라서 뛰쳐나간 연희는 산실이 위험한 곳이라는 판단을 했던 건지 다시 산실로 들어오지 않아 호랑이 삼 남매, 아기를 포기하게 되었어요…."

"…."

이번에 시유는 뭐라고 리액션을 해야 할지 감이 서지 않았다. 그래서 그냥 잠자코 있었다.

"호랑이를 비롯한 야생 동물들은 위험한 환경에서는 새끼를 기르지 않아요."

매구는 한 템포를 쉬고 말을 이었다.

"연희는 물론이고 대한, 민국, 최고한테 사람으로서 정말 미안해요. 사람이 만든 환경만 아니었으면 연희는 위험에 처한 환경에서 다른 굴로 자리를 옮겼을지도, 아니면 애초에 자연은 수도꼭지가 없기에 위험에 처할 상황이 만들어지지 않을 수도 있었죠. 연희가 이후에 낳은 새끼들을 극진히 자연 포육한 걸 보면 모성애가 정말 대단한 호랑인데…. 호랑이 삼 남매는 연희의 사랑을 받고 자라지 못하게 된 게 너무나 안타까웠어요. 그래도 다행히 이렇게 훌륭히 자라줘서 고맙죠."

매구는 자신의 이야기를 하는지 모르는지 꿈나라에 빠진 대한을 아련히 바라보며 말했다.

"그… 그렇구나…."

시유는 사실 매구가 한 말 내용은 집중하지 못했다. 단지 매구 특유의 여성스럽고 귀여우면서도 애교가 느껴지는 목소리를 오랫동안 들을 수 있어 좋았다.

"그래도 다행스럽게도, '동물농원' 방송에서 사육사님이 키우는 아기 호랑이 삼 남매를 주제로 방송하였고, 덕분에 아기 호랑이 삼 남매 인기가 높아져서 여기 원주 동물원 마스코트가 되었어요. 제가 링크 보내드릴 테니 너튜브 영상 한번 꼭 봐보세요~ 오빠, 완전 호랑이 입덕 영상이에요~ 저 요즘도 주기적으로 보고 있어요."

매구는 고개를 획 돌려 시유를 보며 말했다. 매구의 양 갈래로 땋은 갈색 머리카락이 자연스럽게 흩날렸다.

"어, 어, 그래…. 링크 보내줘…."

시유는 매구의 카톡을 받을 수 있게 된다니 기분이 좋았다. 매구는 시유를 향해 가벼운 미소를 지어 보였다.

"그렇게 대한, 민국, 최고가 엄마 없이 서로 의지하면서 어엿한 성체 호랑이가 되었어요. 최고는 암컷이라 따로 분리되었고 그래서 대한민국 형제가 10년 동안 아옹다옹하면서도 둘도 없는 형제로 함께 지냈어요. 대한민국이 하나의 단어이듯 호랑이 대한이랑 민국이도 떼려야 뗄 수 없는 사이였죠."

매구는 다시 대한이를 향해 고개를 돌리고는 아련하게 말했다.

"그런데 7년 전에 민국이가 급작스럽게 열사병으로…. 호랑이별로 가게 되었어요. 그 뒤로 대한이는 민국을 찾는 듯 한동안 몇 날 며칠을 울다가 민국을 그리워하듯 민국의 온기가 남아 있을 저 자리에 자리를 잡더라고요…."

매구는 한동안 말없이 방사장을 바라만 보았다. 시유도 괜스레 숙연해졌다.

8장

일반인 출입 금지 구역

시유가 원주 동물원에서 용접 일을 시작한 지 몇 주가 지났다. 시간이 지나며 사육사들과도 안면을 트게 되었고 용접 일도 거의 마무리 단계에 접어들게 되었다. 녹슨 쇠창살로 감옥 같았던 소방사장과 내실은 어느덧 유리창과 철조망이 생기고, 비릿한 냄새가 나는 철은 매끈한 티타늄 재질로 바뀌었으며 각 소방사장 출입문은 아파트 출입문처럼 도어락으로 바뀌었다. 그러면서 시유도 몇 주간 호랑이들을 매일 봐오면서 호랑이들에 대해 내적 친밀감이 생기기 시작했다. 그리고 어느 정도 호랑이들이 누가 누군지 구별할 수 있게 되었다. 또한 매구가 알려준 플레멘* 반응, 스프레이**, 프루스텐, 헤어볼, 그루밍, 발톱을 숨기고 다녀서 발소리가 들리지 않는 것, 공이나 타이어같이 동그란 물건을 좋아하는 것, 물을 좋아하는 것, 깜짝깜짝 잘 놀래는 것 등 호랑이 행태를 직접 보면서 호랑이와 한층 더 가까워지는 느낌이 들었다.

그러나 그것 중에서도 시유에게 가장 크게 와닿은 일은 매구를 계속 볼 수 있다는 것이었다. 매구는 이삼일에 한 번씩, 적어도 일주일에 한 번은 호랑이를 만나러 왔다. 시유는 일하면서도 관람객들이 있는 대방사장을 틈틈이 주시하다가 매구가 오면 우연을 가장한 채 대방사장으로 나가 매구를 만났다. 우연이 지속되면 필연이라고 했던가. 그럴 때마다 매구는 반갑게 인사를 하며 시유에게 호랑이 이야기를 했다. 시유는 마치 데이트하는 기분이었다. 그렇게 시간이 지나며 시유는 생각한 게 있었는데, 매구에게 관람객들 출입 금지 구역인 소방사장과 내실을 보여준다면 멋질 것 같다고 생각했다. 여자는 자신이 좋아하는 것을 기억해 주고 깜짝 선물을 받는다면 감동한다고 어디선가 본 적이 있었다. 역시나 시유 생각이 맞았다. 매구는 굉장히 좋아했다.

"와! 정말 그래도 돼요?"

---

* 호랑이가 인상적인 냄새를 맡고 보이는 반응. 웃는 것 같은 표정을 짓는다.
** 호랑이의 영역표시로 꼬리를 들고 오줌을 쏘는 것같이 액체를 바위나 나무에 분사한다.

매구는 두 손을 모으고는 환하게 웃으며 말했다.
"으… 응. 내가 지금 거기서 일하고 있으니까."
시유는 자기가 여기서 일하고 있는 것이 멋지게 보였으면 좋겠다는 생각으로 말했다.
"정말 감사해요. 오빠. 그런데 일반인 출입 금지 구역인데…. 괜찮을까요?"
환하게 웃던 매구는 내심 조금 걱정되는 듯 걱정 어린 표정으로 말했다.
'너는… 일반인이… 아니야…. 넌… 천사야….'
라고 시유는 말하고 싶었지만 차마 입이 떨어지지 않았다. 대신에
"그… 그런가…? 어떡하지?"
라고, 해버렸다. 그러자 매구는 갑자기 시유의 팔짱을 끼더니 대방사장 뒤편 소방사장과 내실이 있는 '일반인 출입 금지 구역'이라고 써진 곳으로 성큼성큼 걸어갔다.
"에이~ 잠깐인데 괜찮겠죠~ 오빠만 믿어요~"
매구는 두 손으로 시유의 팔을 껴안은 채 거의 시유를 끌다시피 하며 걸어갔다. 시유의 팔에 매구의 가슴이 닿았다. 시유는 그대로 얼어버리고 말았다.

***

"안녕~ 최고야~ 여기서 보는 건 또 처음이네~"

매구는 소방사장 앞에서 소방사장 안에 있는 호랑이를 보며 손을 흔들었다. 소방사장과 내실이 있는 통로에는 아직 공사 자재들이 널브러져 있었고, 인부들 몇 명이 오며 가며 일하고 있었다. 때때로 쿵쿵거리는 공사 소음이 들렸다. 소방사장 출입문은 아파트 출입문처럼 도어락으로 돼 있었고 통유리창과 철조망으로 통로와 경계를 구분 짓고 있었다. 소방사장 내부는 대방사장과 다르게 뭐가 없었다. 흙바닥, 캣타워, 발톱을 정리하기 위한 나무토막 몇 개 등 호랑이들 생활에 필요한 최소한의 구성으로 이루어진 듯했다.

거기에는 연한 털색에 복슬복슬해 보이는 호랑이 한 마리가 타이어를 물고 있었다. 뭔가 다른 카리스마 있는 호랑이들과 다르게 순해 보이는 느낌의 호랑이였다.

"최고는 정말 너무 순하고 예뻐요~ 봐도 봐도 뒤돌아서면 또 보고 싶더라고요~"

매구는 시유를 향해 밝게 웃으며 말했다. 시유는 '네가 그래.'라는 말을 하고 싶었다. 하지만 이번에도 입이 떨어지질 않았다. 시유는 잠자코 타이어 놀이를 하는 최고를 같이 봤다.

"최고는 저희가 보통 생각하는 호랑이답지 않게 정말 순해요. 예전에 연희 세 번째 새끼 중 암컷인 '가야'라고 있었는데 원래 호랑이가 단독 생활하는 동물이라 성체 돼서 합사가 어려운데도 최고는 가야랑 두런두런 잘 지냈어요. 최고는 쓰다듬어도 안 물 것 같아요."

최고는 매구의 목소리가 들리자 알아들었는지 타이어를 내려놓고는 매구 가까이 왔다. 시유는 호랑이가 가까이 다가오자 깜짝 놀라며 살짝 뒷걸음질 쳤다. 호랑이가 가까이 오니 대단히 크게 느껴졌다.

"잘 지냈어?"

매구는 무릎을 숙여 최고와 눈높이를 맞추고 말했다. 최고는 철망을 사이에 두고 매구 바로 앞에서 '푸르르르' 하며 프루스텐을 했다.

"오구오구…."

매구는 아기를 대하듯 애교스럽게 최고를 대했다. 시유는 매구의 애교를 이렇게 가까이에서 직접 볼 수 있다니 황홀했다. 사람이 어떻게 이렇게 귀여울 수 있나 싶었다. 그에 화답하듯 최고는 계속 매구 앞을 왔다 갔다 하며 프루스텐을 날렸다.

"언니 여기 들어오면 안 되는 곳에 온 거라 엄마한테도 인사해야 돼가지고~ 우리 최고 잘 놀고 있어~ 이따가 또 보자~"

매구는 아기에게 얘기하듯 말하고는 시유한테로 고개를 돌렸다.

"다음 안내해 주세요~ 오빠~"

최고에게 보여주었던 매구의 애교가 시유에게까지 넘어온 느낌이었다.

"으… 응."

시유는 무아지경으로 소방사장과 내실 통로를 걸었다.

"여기는… 사육사들 통로고…. 여기는 내실이고…. 여기는…. 음…."

시유는 걸으면서 매구에게 설명했다. 하지만 제대로 설명하기 어려웠다.

"아! 이쪽이 3방사장으로 통하는 소방사장이고, 저쪽이 2방사장으로 통하는 소방사장인가 보네요! 고마워요! 오빠!"

매구는 알아서 위치를 잘 파악하고 있었다. 2방사장으로 통하는 소방사장으로 오자 호랑이 한 마리가 캣타워에서 자는 것이 보였다.

"샬리구나! 우리 무등이 짝!"

매구는 반가워하며 말했다. 매구의 목소리에 자는 샬리의 귀가 움직이는 게 보였다.

"아…. 미안, 미안…."

매구는 소곤소곤한 목소리로 말했다. 자는 걸 깨울 뻔한 게 미안한 듯했다.

"저희 얼른 옆으로 가요."

매구는 몸을 숙이고 수어를 하듯 손짓하며 속삭이듯 조용히 말했다. 덩달아 시유도 괜히 소리를 내면 안 될 것 같아

몸을 숙이고 발소리를 죽이며 옆으로 갔다. 어느 정도 샬리의 시선에서 멀어지자, 매구와 시유는 천천히 허리를 폈다.
"휴…. 우리 체코 왕자님 까탈스럽거든요. 체코에서 우리나라로 고생하면서 와줬는데 편하게 잘해줘야 할 것 같아요."
매구는 시유를 보며 말했다. 시유는 매구가 샬리에 대해 이야기하는 것을 들으며 어느덧 일반인 출입 금지 구역 마지막쯤인 1방사장 쪽 소방사장에 이르렀다. 여기에는 유난히 짙은 주홍빛 털을 가진 한 호랑이가 캣타워 밑에서 거친 숨을 몰아쉬며 조용히 휴식을 취하고 있었다. 시유는 이 호랑이 이름은 익히 알고 있었다. 이 호랑이는 지난달부터 대방사장에 나오지 않는다며 매구가 보고 싶다고 노래를 부르던 그 호랑이였다.
"연희야~ 잘 지내고 있었구나~"
매구는 반가움을 금치 못하고 울먹이듯 말했다.
"오빠 정말 고마워요…. 오빠 덕분에 연희를 이렇게 볼 수 있네요…."
매구를 눈이 그렁그렁해지며 말했다. 시유는 매구의 고맙다는 말에 내심 뿌듯해하며 깨끗이 세탁해 온 손수건을 꺼낼 준비를 했다.
"연희는 20살인데도 여전히 동안이네요. 정말 저 신비스러운 주홍빛 털과 새침한 눈매는 사기적으로 예뻐요."
매구가 연희를 빤히 보며 말했다. 시유도 매구가 연희를 빤히 보는 이때 매구를 빤히 보았다.

"하지만 연희가 많이 힘들어하네요…. 얼마 남지 않은 것 같네요…."

연희는 방사장 구석에서 여전히 거친 숨을 몰아쉬고 있었다.

"그래도… 연희가 호랑이별로 간다면…."

매구는 훌쩍거리더니 한 템포를 쉬고 말을 이었다.

"고마웠고, 고생 많았다고 말해주고 싶어요. 할 수만 있다면 호랑이 언어로요…."

매구는 숙연하게 말했다. 사실 시유는 연희라는 호랑이에 대해 매구가 녹음기를 돌리듯 수도 없이 말했기 때문에 잘 알고 있었다. 매구 녹음기에 의하면 연희는 러시아 시베리아가 고향이라고 했다. 하지만 새끼 때 어미를 잃었고 한국 사람에 의해 구조되어 우리나라에 오게 된 뒤, 호랑이 민족이라고 자부하는 우리나라에 유일한 야생 출신 호랑이였기 때문에 언론과 여론 등 이곳저곳에서 관심을 받았고, 하지만 야생에서 자랐던 연희는 지금보다도 훨씬 열악하고 좁은 호랑이 방사장에서 스트레스를 받아 했고, 처음에 사람을 거부하여 친해지기 어려웠고, 결국 사육사들의 극진한 노력으로 연희는 마음을 열었고, 3살 때는 존과 짝을 맺어 처음으로 대한, 민국, 최고를 낳았고, 그렇게 한 달간 정성 어린 모성애로 잘 키우고 있었으나 산실 수도꼭지가 터지는 사건으로 물바다가 된 산실이 위험한 곳으로 인식되어 결국 대한,

민국, 최고를 포기하게 되었고, 이후 존과 다시 합사하여 삼 남매 하랑, 수랑, 미랑을 낳아 대한, 민국, 최고에게 주지 못한 모성애로 잘 키우고 있었는데 삼 남매를 중국 판다와 영구 임대교환 형식으로 보내게 돼 연희는 채 1년도 되지 않은 삼 남매와 헤어지게 되었고, 호랑이 방사장 조성 사업으로 임시 우리로 이동시키기 위해 마취 총을 맞았는데 그때 호흡이 멈춰 죽을 고비를 넘겼고, 이후 9살 때 다시 고구려, 백제, 신라, 가야 네 남매를 낳아 처음으로 새끼들을 잘 키워 독립시켰고, 국제 호랑이협회에서 혈통이 좋은 연희의 번식을 더 하라는 권고로 14살 노령 나이에 늦둥이 인왕, 치악, 무등 세 자매를 낳았고, 그렇지만 1년 뒤 치악이를 고양이 감염병으로 잃게 되었고, 잘 울지 않던 연희가 치악이가 떠난 후 자주 울었고, 작년엔 남편 존을 잃고 존이 박제되는 것을 지켜보기도 한 파란만장한 호생을 보냈다고 했다.

그렇게 연희의 일대기를 생각하고 있을 즈음 연희는 천천히 일어나 자신의 앞을 가로막고 있던, 근처에 있던 공을 앞발로 툭툭 건드리더니 옆으로 밀어버렸다. 이를 보고 매구는 말했다.

"연희는 앞발을 정말 잘 사용하죠. 정말 영리한 호랑이에요. 연희 엄마가 정말 똑똑했을 것 같아요."

그리고 연희는 철망 가까이 오더니 시유를 향해 프루스텐을 날렸다.

"어? 연희가 오빠한테 프루스텐했어요! 연희가 야생 개체라 사람을 그리 좋아하지 않는데 오빠는 좋아하나 보네요!"

매구가 놀라며 말했다. 사실 용접 일을 하면서 연희가 이상하게도 자신에게 계속 프루스텐을 해서 신기했었다. 이 모습을 매구에게 보여주고 싶었다. 남자가 누군가에게 인정받는 모습을 보여준다면 여자는 그 남자에게 호감을 느낀다고 어디선가 본 적이 있었다.

그때였다. 뒤에서 누군가 매구를 톡톡 건드렸다. 매구와 시유는 거의 동시에 돌아보았다.

"저, 혹시 누구세요? 여기는 들어오시면 안 되는데요."

사육사 지윤이었다. 지윤은 매구를 보며 불편한 표정을 짓고 있었다.

"어? 지윤 사육사님?"

매구는 지윤을 보더니 반가운 기색으로 말했다. 아무래도 매구는 '동물농원' 방송에서 지윤을 주기적으로 봐와 혼자 내적 친밀감이 있을 테였다.

"네?"

지윤은 모르는 사람인 매구가 자기 이름을 알고 있자 당황스러운 듯했다. 지윤에게 매구는 처음 보는 일반인일 뿐이었다.

"안녕하세요~ 호랑이 삼 남매 영상 지금도 잘 보고 있습니다~ 대한, 민국, 최고 잘 키워주셔서 감사합니다~"

매구는 가볍게 인사하며 말했다. 마음 같아선 엄청 친한 척하고 싶었지만, 지윤 표정을 보니 그럴 만한 계제가 아니었다.

"아…. 네…."

지윤은 당황해하며 말을 얼버무렸다. 지윤에게 중요한 건 호랑이 삼 남매 방송이 아니라 이 여자가 왜 여기에 들어왔느냐 하는 것이었다. 그때 눈치를 보던 시유가 반 발짝 나오며 끼어들었다.

"아…. 저랑 같이 온 겁니다…. 이분이 호랑이 전문가라… 물어볼 게 있어서요…. 제가… 일하는데… 옆에… 호랑이가 있으니…."

시유는 이 상황이 올 줄 알고 전에 생각해 둔 말을 겨우 했다. 여자는 남자가 보호해 주고 감싸주면 매력을 느낀다고 어디선가 본 적이 있었다.

"저…. 전문가는 아닌데…."

매구는 옆에서 시유에게 속삭이며 말했다. 지윤은 자신의 허리춤을 잡으며 불편한 기색을 비쳤다.

"그런 거라면 저희한테 말씀해 주셨어야죠. 여기는 맹수인 호랑이가 사는 데라 특히 위험한 곳이라고요. 언제라도 사고가 날 수 있다고요."

지윤은 나무라는 말투로 말했다. 시유와 매구는 딱히 할 말이 없었다. 매구가 아무리 호랑이에 대해 잘 알고 있다고 하더라도 어쨌든 규칙을 위반한 것이니까.

"죄… 죄송합니다….."

매구는 얼굴을 붉히고 고개를 숙이며 말했다. 그때 뒤에서 남자 두 명이 다가왔다.

"괜찮아 지윤 주임, 그분은 우리나라에서 호랑이를 제일 사랑하는 호랑이 너튜버야. 연희를 대방사장에 내보내지 않아 많이 보고 싶으셨을 텐데, 우리가 먼저 모시고 연희와 인사할 시간을 드렸어야 했을망정, 이번만은 좀 이해해 드리자고."

인한이었다. 인한은 쩔뚝이며 다가왔다. 인한 옆에는 공돌이 함께 있었다.

"아…. 팀장님…. 그래도…."

지윤은 인한을 보자 한 발 물러서며 말했다. 공돌은 심통 맞은 표정으로 서 있었다.

"비가 오려나…."

인한은 미소를 머금은 채 가볍게 쥔 주먹으로 무릎을 톡톡 두드렸다.

그때 소방사장 안에서 그들을 빤히 지켜보던 연희가 '어흥' 하며 울음소리를 내기 시작했다. 거칠고 강한 울음소리였다. 그렇게 연희는 소방사장 안을 빙빙 돌며 맹수사 건너편 산이 떠나가도록 한동안 계속 울었다. 마치 산속을 호령하는 호랑이 울음소리처럼 느껴졌다.

그리고 며칠 뒤, 연희는 호랑이별로 영원히 떠났다.

9장

비

연희의 죽음을 슬퍼하듯 하늘에서 비가 주야장천 쏟아졌다. 동물원에선 오랜 기간 동물원 인기스타였던 호랑이 연희의 죽음을 추모하기 위해 맹수사 앞에 작은 추모 공간을 마련하였다. 장대비 속에서도 오가는 사람들이 연희를 추모하였다. 그렇지만 맹수사 나날은 비 때문에 잠시 공사를 중단한 것 말고는 여타 평범한 일상과 다름없었다. 며칠간 주야장천 쏟아지는 빗줄기가 잦아들 무렵, 비 때문에 잠시 중단되었던 소방사장과 내실의 쇠창살을 유리창으로 교체하는 공사가 금일부터 재개되었다. 조용했던 일반인 출입 금지 구역인 소방사장, 내실은 이제 다시 인부들로 북적일 것이었다. 그리고 세리는 맹수사로 향했다.

  그날은, 세리가 다른 날보다 일찍 출근하여 맹수사로 향한 날이었다. 공사가 재개되기 전에 세리는 미리 현재 공사 수준 상태를 점검하기 위해 오전 6시에 맹수사로 향했다. 여름이라 오전 6시면 해가 이미 떠서 밝았을 테지만, 추적추적 내리는 빗줄기에 날씨는 흐리고 칙칙했다. 세리는 우산을 쓰고 동물원 높은 곳에 있는 맹수사를 향해 숨을 고르면서 천천히 올라갔다. 며칠 새 내린 비로 맹수사를 향한 아스팔트 길은 군데군데 웅덩이가 져 있었다. 세리의 짙은 갈색 구두와 아스팔트길 빗물이 내는 찰박거리는 화음만이 고요한 동물원의 아침을 적시고 있었다. 세리는 이마에 맺힌 땀인지 빗물인지 모를 물방울을 손등으로 훔치며 맹수사로 향했다. 운동을 거의 안 하는 세리에게 맹수사로 향하는 길은 언제나 쉽지 않았다. 세리는 이 기회에 운동한다는 것을 위안으로 삼으며 맹수사와 가까워지고 있었다. 그런데 맹수사로 가까워지면 가까워질수록 위화감이 느껴졌다. 뭔가 보통 날과 같은 느낌이 아니었다.

  세리의 짙은 고동색 구두와 찰박거리며 화음을 내던 아스팔트길 빗물은 맹수사의 일반인 출입 금지 구역 대문 앞에 이르자 빗물의 흙탕물 색이 점점 붉어지는 것 같았다. 그리고 시큼한 철 냄새가 세리의 코를 찔렀다. 분명 맹수사에서 녹이 스는 철 재질을 거의 티타늄으로 바꿨음에도 코를 자극

하는 비릿한 냄새가 났다. 이상함을 느낀 채 세리는 일반인 출입 금지 구역이라고 적힌 대문을 살며시 열었다. 순간 세리의 눈을 의심케 하는 장면이 나타났다. 그녀의 눈앞에, 통로에 한 사람이 쓰러져 있는 것이었다. 바닥에는 붉은 물이 그 사람 주위로 번져 있었다. 세리는 깨달았다. 비릿한 냄새는 피 냄새인 것을. 세리는 황급히 그 사람 가까이 다가갔다. 그리곤 그 사람을 자세히 보기 위해 무릎을 꿇었다.

그 사람은 인한이었다. 인한은 두 눈을 부릅뜬 채 쓰러져 있었다. 세리는 깜짝 놀라 우산을 놓치며 아스팔트 길에 엉덩방아를 찧었다. 세리의 치맛자락에 핏물이 스며들었다.

"티… 팀장님?"

세리는 일어나서 다시 쓰러져 있는 인한 가까이 갔다. 인한은 딱 보기에 창백해 보였다. 세리는 그래도 혹시나 하는 마음으로 인한의 목에 두 손가락을 갖다 대어 경동맥 맥박을 느껴보았다. 맥박은 뛰지 않았고, 인한의 몸은 너무 차가웠고 딱딱했다. 이미 늦었음을 감지한 그때, 세리는 인한 목에 나 있는 커다란 구멍 두 개가 눈에 들어왔다. 마치 짐승 이빨 자국처럼 보였다.

"설마…."

세리는 고개를 옆으로 돌려 소방사장을 바라보았다. 소방사장 안에는 캣타워에 앉아 있는 호랑이 한 마리가 혀를 날름거리며 세리를 쳐다보고 있었다. 추적추적 내리는 빗소리와 소방사장 철조망을 스치는 바람 소리만이 맹수사를 적시고 있었다.

10장

소방사장

"경감님, 이쪽입니다."

미리 현장에 도착하여 사건 현장을 통제하고 있던 박수석 경사는 좌수영 경감이 도착하자 사건 현장을 안내하면서 말했다. 좌수영 경감은 장우산을 펼쳐 들고는 수석을 따라 현장으로 갔다. 일반인 출입 금지 구역이라고 적힌 문을 지나자, 현장이 펼쳐졌다. 경찰 통제선이 넓게 처져 있었고, 우의를 입은 경찰들은 오며 가며 사진을 찍고 자기 일들을 하고 있었다. 하지만 좌수영 경감의 눈을 사로잡은 건 협곡같이 기이한 사건 현장이었다. 2~3m 정도 폭으로 그리 넓지 않아 보이는 아스팔트 통로는 완만한 곡선을 이루며 길게 뻗어 있었고 그 통로 양옆으로 한쪽에는 높다란 맹수 우리가, 다른 한쪽에는 그보다 훨씬 높은 산으로 막혀 있었다. 그리고 끝이 보이지 않는 긴 아스팔트 통로 앞뒤로는 일반인 출입 금지 구역이라는 이름의 문으로 막혀 있었다. 수영은 이 장엄한 광경을 한눈에 주욱 둘러보았다. 마치 협곡 같기도, 요새 같기도, 밀실 같기도 한 느낌이었다. 그리고 이 좁은 통로 위, 넓게 펼쳐진 하늘은 역설적인 느낌을 자아냈다. 수영은 이 기시감에 압도될 무렵, 좁다란 아스팔트길에 무언가 큰 물체를 덮은, 군데군데 젖은 흰 천이 눈에 띄었다.

"그래, 고생했네그래. 저건가."

수영은 흰 천으로 덮어놓은 시신을 바라보았다.

"네, 처음 신고받고 발견 상태 그대로 유지해 놓았습니다."

수석의 말에 좌수영 경감은 무릎을 꿇고 비에 젖은 흰 천을 들치어 보았다. 흰 천은 군데군데 붉게 물들어 있었다. 흰 천 아래에는 중년쯤 돼 보이는 남자가 눈을 부릅뜬 채 죽어 있었다. 좌수영 경감은 아무렇지도 않은 듯 시체를 살피기 시작했다.

"사망자는 자인한, 50세, 이곳 원주 동물원 맹수사 사육사이자 사육팀장을 맡고 있었다고 합니다."

수석은 수영 뒤에서 말했다. 수영은 수석의 말을 들으면서 시체 이곳저곳을 살폈다. 시체를 확인하던 수영은 시체 목에 난 자국을 유심히 관찰했다. 큰 구멍 두 개에 작은 이빨 자국이 있었고, 구멍 반대편 목에도 역시 비슷한 자국이 있었다.

"네, 그 부분이 사인으로 보입니다. 경동맥에 자상을 입으면서 과다출혈로 사망한 것으로 보입니다."

수석은 수영이 시체 목 부분을 자세히 보자 말했다.

"그렇다면…. 이 자국은…."

수영은 그때 싸늘한 기분을 느껴 고개를 돌려 옆을 보았다. 옆에는 큰 유리창 너머로 호랑이 한 마리가 왔다 갔다 하고 있었는데 호랑이 눈빛이 그들을 지켜보고 있는 것 같았다. 수영은 이렇게 호랑이를 가까이서 본 적이 없었다. 이런 호랑이를 울타리 없이 대면한다면 죽을 수밖에 없을 거로 생각하였다.

"네, 아무래도 호랑이 짓인 것 같습니다. 물론 저 CCTV를 확인해 보면 되겠지만요."

수석은 소방사장 높은 곳을 가리켰다. 소방사장 높은 곳에는 CCTV 한 대가 그들을 향해 비추고 있다. CCTV 렌즈에는 물방울이 맺혀 있었다.

"… 그래…. 그럼 저 CCTV를 먼저 확인해 보도록 하지."

수영의 말에 수석은 스마트폰을 이리저리 조작하였다.

***

CCTV는 출입 금지 구역의 아스팔트 길 통로를 비추고 있었다. 비가 내리는 관계로 흐릿하지만, 어제저녁 18시에 남자 사육사가 나가는 장면을 시작으로 19시에 여자 사육사가 나갔고, 20시에 노란색 우의를 입은 용접공이 용접 장비인 듯한 무슨 도구를 들고 왔고, 21시에 한 여자가 왔다가 갔고, 22시에 흰 가운을 입은 한 여자가 왔다 갔고, 24시에는 20시에 들어왔던 용접공이 물건을 들고 나갔고, 금일 새벽 1시경 사망자 인한이 나타났다. 인한은 그렇게 한동안 통로를 왔다 갔다가 하며 소방사장 내부를 보는 듯했다. 그러다 새벽 1시 30분경 인한이 움찔거리면서 당황해하는 모습과 함께 통로에 나타난 호랑이 한 마리의 습격을 받고 쓰러지는 장면이 그대로 녹화돼 있었다. 그리곤 새벽 6시에 어제 21시경에 왔던 여자가 나타나 인한을 발견하는 모습이 마지막으로 녹화돼 있었다.

"흐음…. 그렇다면 사육사가 부주의로 방사장 문을 잠그지 못해 호랑이가 방사장에서 나오면서 공격받아 사망했다는 것인가? 방사장 출입문 쪽을 확인할 수 있는 CCTV가 없어 사육사가 문을 어떻게 다뤘는지 상황은 확인할 수 없긴 하지만, 단순한 사고일 가능성이 크군그래."

수영은 생각하는 듯 턱을 괴고 말했다.

"하지만 경감님. 특이점이 있습니다. 조사에서 목격자 말로는 자인한을 발견했을 때 호랑이 방사장은 잠겨 있었다고 합니다. 만약 사고라면 방사장 문이 열려 있어야 하지 않겠습니까?"

수석은 의문을 표하며 말했다.
"그래? 그렇다면 한번 방사장 문을 확인해 보지."

***

수석과 수영은 CCTV를 확인했던 사무실을 나와 방사장으로 향했다. 나가면서 수석은 수영에게 종이 한 장을 내밀었다.
"이게 방사장 구조입니다."
종이에는 호랑이 방사장 구조가 나타나 있었다.

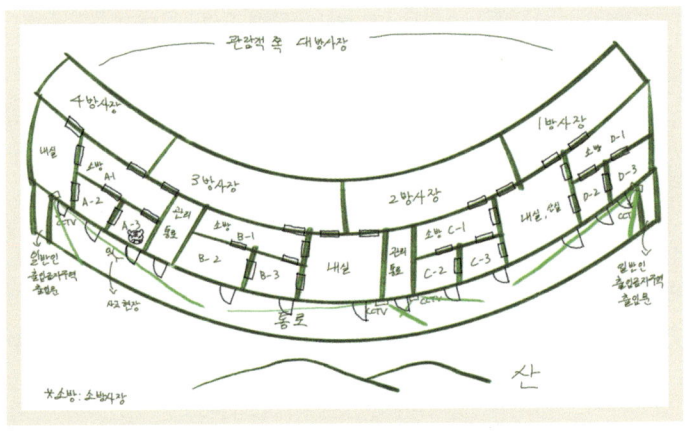

"이게 방사장 구조인가? 생각보다 복잡한 구조로 돼 있군."
수영은 겉으로 보기에 단순히 호랑이 우리만 있는 줄 알았

는데 이렇게 도면화해서 보니 상당히 복잡한 구조에 조금 놀랐다.

"네, 아무래도 맹수를 관리하는 곳이다 보니 청소할 때 호랑이와 겹치지 않도록, 그리고 작은 공간에 호랑이 두 마리를 같이 넣으면 호랑이들끼리도 싸울 수 있으니 겹치지 않도록 설계해서 그런 것 같습니다. 또 호랑이에겐 굴 같은 형태의 내실 공간도 필요하고요."

"그렇다면, 호랑이와 겹치지 않도록 문을 열려면 이런 사이사이에 있는 문들은 어떻게 개폐하는 거지? 문을 열려는데 호랑이가 있으면 안 되잖아. 다른 데로 보내고 열어야지."

수영은 방사장 사이사이에 있는 문들을 가리키며 말했다.

"가로로 향한 문은 관리통로에서 전동 개폐 장치로 여닫는다고 합니다. 그리고 세로로 향한 문은 일반인 출입 금지 구역 통로에서 수동으로 개폐한다고 합니다."

"그래? 수동으로 개폐하는 것은 그렇다 치고, 전동으로 개폐하는 거면 잘못 여는 예는 없다던가? 이렇게 많은 문들이 있는데 관리통로에서만 통제하는 거면 헷갈려서 잘못 열 수도 있지 않은가."

"저도 그게 궁금했었는데, 그건 2인 1조로 엄격히 통제하고 있어 지난 수년간 한 번도 오류가 났던 적이 없었다고 합니다. 그리고 문이 많아서 헷갈릴 것으로 보이지만 막상 한 구역에 개폐 버튼이 많아 봐야 다섯 개 정도뿐이고, 개폐 버

틈에도 위치가 정확히 명시되어 있고, 또한 개폐할 때 문이 보이기 때문에 만약 잘못 눌렀으면 수정이 금방 가능하다고 합니다."

수석은 스마트폰을 보면서 말했다.

"흐음…. 역시 요즘 엠제트 친구라 그런 것도 잘 알고 있군 그래."

수영은 감탄하며 말했다.

"네…. 너튜브 열심히 보다 보면 이것저것 알게 되더라고요."

수석은 담담하게 말했다. 그러면서 둘은 다시 방사장 앞에 도착했다. 그 사이 인한의 시신은 치워지고 인한이 죽었던 자리는 마스킹테이프로 표시가 돼 있었다.

"사고가 발생한 지금 이 자리를 도면에서 보시면 A-2, A-3 방 앞입니다. 호랑이가 있는 곳이 A-3 구역이고요. 이 통로는 일반인 출입 금지 구역입니다. 관람객들이 볼 수 있는 방사장은 저쪽 건너편에 있습니다."

수석은 소방사장 너머를 가리키며 말했다.

"그래서 관람객들이 보는 방사장은 대방사장이라고 하고 지금 저희가 보는 방사장은 소방사장이라고 합니다."

이번에 수석은 소방사장과 도면을 번갈아 가리키며 말했다. 소방사장 안에는 여전히 호랑이 한 마리가 있었다. 호랑이는 방사장 안을 계속 왔다 갔다 하고 있었다. 아무래도 모르는 사람들이 계속 돌아다녀 불안해하는 것 같았다.

"저 호랑이인가?"

수영은 호랑이가 있는 소방사장 앞 가까이 다가가 말했다.

"네, 이곳에는 현재 여섯 마리 호랑이가 있긴 한데 나머지 5마리 호랑이들은 이 자리에서 먼 곳에 자리하고 있었습니다. 그리고 비가 와서 흐릿하긴 하나 CCTV에 찍힌 호랑이가 저 호랑이와 크기 및 생김새가 거의 일치합니다."

수석은 스마트폰으로 찍은 CCTV에 녹화된 호랑이 사진과 소방사장에서 부산스럽게 왔다 갔다가 하는 호랑이를 비교해 보며 말했다. 수영은 수석이 수사에 스마트폰을 사용하는 것을 보고 역시 엠제트라고 생각했다.

"호랑이가 좁은 공간에서 스트레스가 많겠군그래. 호랑이가 스트레스를 받으면 더 공격적으로 되겠지?"

수영은 큰 유리창을 통해 소방사장을 보며 말했다. 나무와 풀도 없었고 호랑이가 오르내릴 수 있는 평상과 흙바닥이 전부였다.

"그래도 원주 동물원은 우리나라에서 방사장도 넓고 동물복지에 신경을 많이 써준다고 하더라고요. 여기는 소방사장이어서 그렇지 저기 건너편 대방사장은 물도 흐르고 나무도 있고 자연과 비슷하게 환경을 조성했습니다."

"그래? 그래도 이런 환경이 우리나라에서 좋은 편이라면 동물들도 참 불쌍하군그래."

"맞습니다. 동물복지 면에서는 갈 길이 멀죠."

"아무튼 이 호랑이가 21세기 들어 우리나라에서 최초로 사람을 죽인 호랑이로 기록되겠군그래."

수영은 호랑이를 보며 말했다.

"이 호랑이 이름이…. 최고라고 하더라고요."

수석은 스마트폰을 돌려 보면서 말했다. 호랑이에 대한 조사가 스마트폰에 기록돼 있는 듯했다.

"최고라고? 이름이 특이하군."

수영은 호랑이 이름이라고 하면 호돌이, 호순이 정도만 생각하고 있어서 최고라는 이름은 특이하게 와닿았다.

"네, 이 호랑이한테는 형제가 있는데, 대한, 민국이랍니다. 그래서 '대한민국 최고'라는 단어로 만든 이름인 듯합니다."

이번에 수석은 스마트폰에서 눈을 떼고 말했다. 아마도 스마트폰에 적힌 내용을 숙지한 상태였을 터였다.

"그렇게도 이름을 짓는군그래. 그러면 안락사를 하나?"

수영은 한 발짝 방사장으로 다가가 유리창 넘어 호랑이를 바라보았다. 호랑이는 안락사를 기다리는 처연한 눈빛을 보이는 것 같았다.

"음…. 개 같은 경우는 보통 안락사합니다. 10여 년 전 다른 동물원에서도 비슷한 경우로 사자가 있었는데 그 경우도 안락사했고요. 하지만 호랑이 경우는 이번이 처음이라 어떻게 결정될지 잘 모르겠습니다."

수석은 스마트폰으로 빠르게 서치하며 말했다. 수영은 수석이 '개 같은.'이라고 말할 때 자신한테 욕하는 줄 알고 흠칫 했다.
"그래. 그건 동물원에서 알아서 할 노릇이긴 하지. 그런데…. 호랑이 우리가 참 특이하군. 큰 유리창에….''
수영은 소방사장 대형 유리창을 보며 말했다. 뭔가 위화감이 느껴졌다. 그의 상식상 보통 호랑이 우리는 쇠창살로 이루어진 게 일반적이라고 생각하였다. 하지만 소방사장 대형 유리창은 마치 아파트 통 큰 창 느낌을 주었다.
"그리고 이건…? 방사장 출입문이 그냥 아파트 문이야."
수영은 몇 걸음 걸어가 소방사장 출입문 앞에 멈춰 서서 출입문을 살폈다. 흔히 알고 있는 아파트 출입문 도어락 형태였다.
"그러네요. 보통 호랑이 우리는 쇠창살에 철문, 큰 자물쇠로 잠그는 구조로 알고 있는데…. 이건 마치 다른 집에 방문한 느낌이 드는군요."
수석도 수영 옆으로 와 함께 출입문을 살폈다.
"그것도 새것이야. 최근에 설치한 흔적이 있어."
수영은 소방사장 출입문 손잡이를 잡아당겨 보았다. 열리지 않고 덜컥거리는 소리가 났다. 그때, 방사장에 있던 호랑이가 출입문 가까이 다가왔다. 수영은 깜짝 놀라 출입문 손잡이에서 손을 뗐다. 만약 출입문이 그대로 열렸다면 큰일 날 뻔했다.

"뭔가 이상하군그래. 맹수사 경력 20년 넘은 사람이 호랑이를 관리 못 해서 호랑이에게 물려 죽는다? 그리고 최근에 바꾼 것 같은 이 특이한 호랑이 우리와 발견 당시 잠겨 있던 방사장 출입문…. 뭔가 사고가 아니라 사건일 수도 있겠다는 생각이 드는군. 목격자부터 해서 관련자들을 만나봐야겠어."

수영은 턱을 괸 채 방사장에서 몇 걸음 물러나며 말했다.

"네, 발견자 이세리 씨와 CCTV에 찍힌 사육사 박공돌, 정지윤 씨, 용접공 박시유 씨, 수의사 서혜나 씨를 부르도록 하겠습니다."

수석은 스마트폰으로 뭔가를 계속 조작하면서 말했다.

"그런데 확실히 저런 호랑이가 덤벼들면 뼈도 못 추리겠군. 생각보다 호랑이가 아주 크군그래. 호랑이 담배 피우던 시절, 호랑이 민족이라 불리던 우리 조상들의 두려움을 새삼 알만하겠는걸. 지금 우리나라에서 야생 호랑이가 멸종되었기에 망정이지…."

수영은 방사장 유리창 가까이에서 계속 왔다 갔다가 하는 최고라는 이름을 가진 호랑이를 보며 말했다. 수영의 취미는 등산이었다. 과거라면 이렇게 맘 편히 등산하러 다니지 못할 것임이 틀림없었다.

"경감님, 그런데 저 있지 않습니까."

스마트폰으로 계속 조작을 하던 수석이 스마트폰하던 것을 멈추며 말했다.

"뭔가?"

호주머니에 손을 찌른 채 앞장서서 통로 밖으로 나가려던 수영은 고개를 돌려 수석을 보았다.

"저 군대에 있을 때 호랑이 진짜로 봤었습니다."

수석의 말에 수영은 '이 엠제트가 지금 무슨 헛소리를 하는 거지.'라고 생각했다.

"자네 어디서 근무했는데?"

"저 여기 원주 1군 지사에서 근무했습니다. 전역하면서 오줌도 군부대 방향으로 누지 않겠다고 다짐했었는데 이렇게 다시 올 줄 몰랐습니다."

수석은 멋쩍은 웃음을 지으며 말했다.

"생명의 보고 DMZ도 아니고 무슨 호랑인가. 스라소니나 살쾡이를 잘못 본 거겠지."

수영은 말도 안 되는 소리를 들은 듯 퉁명스럽게 말했다.

"정말입니다. 밤 근무할 때 야시경으로 똑똑히 봤습니다. 제가 감히 경감님께 거짓말을 하겠습니까."

수석은 억울하다는 듯 말했다.

"허 참…. 군대 허풍은 그만두고 수사에 집중하게나그래. 나도 군대에서 매머드 화석을 발견했다네."

수영은 옛날 일을 생각하며 말했다. 수영의 말은 사실이었다. 수십 년 전, 군대에 있을 때 국외 전쟁에 파견되었던 적이 있었는데 삽질하다가 거대한 뼈 화석을 발견했던 일이 있었다. 그런데 나중에 알고 보니 그 거대한 뼈 화석은 매머드였던 것으로 밝혀졌던 것이었다.

"… 그런데 그러고 보니 지금, 이 호랑이보다는 좀 작았던 거 같습니다."

생각에 골똘히 잠겨 보였던 수석은 입을 열었다. 수영은 '그럼 그렇지.'라고 생각하며 수석이 참 요즘 애들 엠제트라고 생각하였다.

11장

관계자들

수영과 세리는 맹수사 내부 사무실에 앉아 사건과 관련해 대화를 나눴다. 옆에 서 있던 수석은 빠른 손놀림으로 계속해서 스마트폰을 조작하고 있었다. 수영이 사건 관련자들과 만나는 장소로 맹수사 사무실을 선택한 건 관련자들에게 편안한 환경을 제공해 취조가 아닌 대화 느낌을 주기 위함이었다. 하지만 비 온 뒤 습하고 우중충한 날씨가 왠지 모를 우울감을 더해주고 있었다.

"그래서, 시신을 발견했을 때, 자인한 씨는 이미 사망해 있었다는 말입니까."

수영은 세리에게 물었다. 세리는 '사망'이라는 말에 흠칫하는 것 같았다.

"네…. 팀장님 목에서 박동을 확인해 봤는데 거기에 크고 깊은 상처가 나 있더라고요. 피가 주변에 흥건했고요. 얼굴은 창백했고, 몸은 딱딱했었습니다. 돌아가신 지 몇 시간은 지나 보이긴 했지만 그래도 119와 경찰에 신고했습니다."

세리는 시선을 테이블 어딘가로 둔 채, 침착하게 대답했다. 수영은 세리가 전문적인 용어는 사용하지 않았지만 '경동맥', '맥박', '자상', '사후강직', '시반' 등의 용어를 알고 표현하고 있는 것에 조금 놀랐다. 요즘 엠제트 세대에게 이런 지식은 상식적인 수준이란 말인가.

"네, 맞습니다. CCTV 확인 결과, 자인한 씨는 호랑이에게 공격당해 사망하고 발견까지 네 시간가량 지난 걸로 확인했습니다. 그런데 발견 당시 호랑이 방사장 출입문이 잠겨 있었다고 하셨죠?"

수영은 가장 묻고 싶었던 질문에 이르렀다.

"네…. 팀장님 목에 난 상처가 호랑이 이빨 자국 같아서 앞에 호랑이가 있는 방사장 출입문을 확인했더니 잠겨 있었어요…. 혹시나 해서 다른 방사장 출입문도 확인해 봤는데 마찬가지로 잠겨 있었습니다."

세리는 차분하게 말했다. 이렇게 경찰 조사를 받는 게 익숙해 보였다.

"그것참 이상하군요. CCTV에서 보건대, 자인한 씨가 사망하고 통로를 출입한 사람은 없었거든요. 어떻게 출입문이 잠긴 걸까요?"

수영은 세리의 반응을 살피며 물었다.

"… 저도 잘 모르겠습니다…."

세리는 잠시 생각하는 것 같더니만 고개를 살짝 저으며 대답했다.

"호랑이가 스스로 잠근 것도 아닐 테고 말입니다."

수영은 약간의 미소를 지으며 무거운 분위기를 풀고자 농담조로 말했다. 하지만 세리는 별 반응 없이 무덤덤한 표정이었다. 그러자 수영은 이내 다시 점잖게 말을 이었다.

"그렇다면 이세리 씨가 보시기에 누군가가 어떤 방법을 사용해서 호랑이를 다시 방사장으로 불러들인 뒤 출입문을 잠갔다고 생각하십니까?"

수영은 말하면서 세리의 반응을 찬찬히 살폈다.

"… 그것도…. 잘 모르겠습니다…."

세리는 이번에도 고개를 가로저으며 말했다.

"그러시군요. 그런데 또 이상한 점이 있습니다."

"네?"

이번에 세리는 수영을 쳐다보았다.

"방사장이 일반적인 동물 우리와 다르게 큰 창문과 도어락 출입문이 있는 것이 아파트 같았습니다. 그것도 최근에 교체한 듯 새것이었습니다. 이세리 씨가 동물복지팀장님이라고 하셨으니 혹시 이것에 대해서 아는 것이 있으십니까."

수영은 은밀한 눈으로 세리의 반응을 살피며 물었다. 세리는 조금 생각하는 듯하더니 이어서 대답했다.

"… 그건 제가 이번에 동물복지팀장으로 오면서 시행한 사업입니다…."

세리는 이어 이 사업을 시행한 이유와 경과 등에 관해 설명하였다. 수영은 세리의 설명에 고개를 끄덕이다가도 동물에게 이렇게까지 해주는 게 의미가 있나 싶기도 했다. 그래서 더 이상함이 느껴졌다.

"그래서 그랬던 것이군요. 자세한 설명 감사합니다. 그렇다면 혹시 방사장 출입문이 전자동식 도어락 형태기 때문에 출입에 무언가 오류가 있었던 건 아닐까요?"

"… 그건…. 앞으로 조사해 봐야 할 문제라고 생각합니다."

"맞습니다. 앞으로 조사해 봐야죠. 그리고…. CCTV상에서 어제저녁 21시경에 맹수사를 방문하셨던데 무엇 때문에 가신 겁니까."

"저희 용접공 시유 씨가 밤늦게까지 마무리 작업하고 계셔서 빵이랑 라면 등 간식거리 좀 사 들고 갔습니다."

"그러셨군요. 그럼, 마지막 질문드리겠습니다. 자인한 씨에 대해서 어떻게 생각하십니까. 죽은 자인한 씨 관련해서 아무거나 말씀해 주셔도 되고요. 예를 들어 자인한 씨의 행실이라던가…. 누구의 원한을 살만한 경력이 있다던가…. 하는?"

"… 제가 여기 맹수사엔 온 지 한 달 정도밖에 되지 않아 정확히 뭐라고는 말할 수 없겠습니다. 하지만 제가 한 달가량 봐 온 팀장님은 저에게 이것저것 많이 알려주셨고 제가 맹수사를 이해하고 적응할 수 있게 도와주신 분이었습니다."

세리는 시종 침착함을 유지한 채 말했다. 세리는 자신이 계획한 공사 중에 사고가 발생하였기 때문에, 그리고 자신이 최초 발견자이기 때문에 당연히 따를 수밖에 없는 압박이라고 생각하였다.

"그러니까 세리 씨에겐 자인한 씨는 좋은 분이셨다는 말씀이군요. 누군가 자인한 씨를 해칠 만한 동기를 알고 계시지도 않고요?"

수영의 물음에 세리는 말없이 고개를 끄덕였다.

"알겠습니다. 도와주셔서 감사합니다. 이제 가셔도 될 것 같습니다."

수영은 안내하듯 손바닥으로 바깥을 가리키며 말했다. 세리의 시선이 수영의 손바닥을 따라 움직였다.

"네…. 형사님, 꼭 사건 해결 부탁드립니다."

세리는 조심스럽게 자리에 일어서서 가볍게 고개를 숙이고는 뒤돌아서 갔다. 담백하고 차분한 걸음걸이였다. 세리가 수영의 시야에서 멀어지자, 수영은 입을 뗐다.

"뭔가 좀 이상하지? 사람이 죽었는데 정말 차분하군."

수영은 멀어져 가는 세리를 보며 말했다.

"알고 보니 이 특이한 호랑이 우리를 만든 것도 이세리였고…. 새로 바꾼 출입문과 이 미로같이 복잡한 맹수사 구조…. 무언가 기묘한 관계가 있을 것 같다는 생각이 드는군그래."

수영은 맹수사 구조도를 들여다보며 말했다. 옆에서 계속 스마트폰을 하던 수석은 잠시 스마트폰을 멈추고 수영의 말을 들었다.

"더군다나 밤늦게 용접공과 접선하다니. 출입문을 조작할 수 있는 건 용접공 박시유일 테니 어젯밤 박시유와 접선하면서 호랑이를 방사장에서 끄집어내는, 그리고 다시 방사장으로 집어넣는 그런, 호랑이를 신출귀몰하게 만드는 기묘한 어떤 트릭이 있을 수도 있다는 생각이 드는군그래."

수영은 골똘히 생각하며 한 박자를 쉰 뒤 말을 이었다.

"그리고 가장 중요한 건 이세리가 최초 발견자라는 거야. 공사 마무리 상태를 확인하기 위해 일찍 출근했다고는 했지만 불과 어젯밤에 공사 상태 봤잖아? 말의 앞뒤가 미묘하게 맞지 않아…. 그리고 제일 먼저 시신을 발견했기 때문에 방사장 출입문이 잠겨 있었다는 것도 거짓말일 수 있지. 가장 먼저 발견하는 척하면서 증거인멸을 했을지도."

수영은 손바닥을 모은 채 생각하는 듯한 자세로 말했다.

"그래도, 상황이 이세리를 가리키고 있긴 하지만 다른 사람들도 만나보고 다시 한번 생각해 봐야겠어. 섣부른 판단은 위험하니까."

"그런데 방금 말씀하신 세리 씨가 최초 발견한 것으로 용의선상에 놓기에는 맹점이 있습니다."

옆에서 계속 듣고만 있던 수석은 고개를 갸우뚱하며 처음으로 입을 뗐다.

"뭐라고?"

수영의 목소리가 조금 높아졌다.

"방금 말씀하신, 만약 새벽 1시 30분경 호랑이가 방사장에서 나와 자인한 씨를 공격한 뒤 6시에 이세리 씨가 발견하는 척하면서 호랑이 방사장 문을 잠갔다면 호랑이가 방사장 밖으로 노출된 시간이 4시간이 넘는데 그동안 호랑이가 어디 다른 곳에 가지 않고 방사장에 머문다는 것은 매우 희박한 확률일 것입니다. 물론 방사장 출입문이 열린 상태로 호랑이를 방사장에 머무르게 하는 방법이 있을 수도 있겠습니다만. 그리고 자인한 시신이 다른 사람에 의해 더 빨리 발견될 가능성도 있고요."

"흐음…. 그렇군. 자인한이 죽고 4시간이 넘었으니 이세리가 최초 발견자가 되지 않을 가능성도 있겠군그래. 물론 새벽에 누가 맹수사를 방문하겠느냐마는. 당직자가 순찰할 가능성도 있긴 하니. 역시 엠제트라서 두뇌 회전이 빠르군그래. 그럼 젊은 여자에다가 사람이 눈앞에서 눈을 부릅뜨고 죽었는데도 저렇게 차분한 건 어떻게 설명할 수 있지?"

"원래 차분한 성격일 수도 있고, 비슷한 경험이 있었을 수도 있죠. 그 사람이 어떻게 살아왔는지는 말해주지 않으면 모르는 거니까요."

수석의 말에 수영은 고개를 끄덕였다.

***

잠시 후, 시유가 맹수사 사무실로 들어왔다. 시유는 맹수사 사무실은 처음인 듯 눈알을 이리저리 굴리며 사무실 내부를 살폈다. 그리고 잔뜩 긴장했는지 안절부절못하는 모습이 보였다.

"박시유 씨죠? 이쪽으로 앉으십시오."

의자에 앉아 있던 수영은 자신 옆에 있는 의자를 가리키며 말했다. 시유는 우물쭈물하며 불안해 보였다.

"편하게 앉으십시오. 그저 사건과 관련해서 몇 가지 여쭤볼 게 있어서 그렇습니다. 의례적인 절차라고 생각하십시오."

잔뜩 긴장해 있는 시유를 보고 수영은 말했다. 시유는 그렇게 무거운 몸을 이끌고 뒤뚱뒤뚱 천천히 걸어와서 의자에 앉았다. 의자에서 삐거덕거리는 소리와 함께 의자 발이 조금 가라앉았다. 시유에게 의자는 매우 작아 보였다. 수영이 보기에 시유는 세상에서 땅딸보라는 말이 가장 잘 어울리는 사람이었다.

수영은 시유와 의례적인 몇몇 대화를 나누고 시유에게 기본적인 호구조사와 질문을 했다. 조금 전, 침착했던 세리와는 판연히 다르게 시유는 매우 긴장하고 있었다. 시유는 질문 대부분에 모르겠다거나 기억이 나지 않는다로 일관하고 있었다.
"어제 어떤 출입문을 작업했는지도 기억나지 않는다는 말씀입니까."
수영은 맹수사 방사장 구조도를 시유에게 보여주며 말했다.
"… 네….''
시유는 우물거리며 대답했다.
"흐음… 그럼 한번 같이 소방사장에 가보시겠습니까. 가보시면 기억나실 수도 있으니."
수영은 자리에서 일어서며 말했다. 시유는 쭈뼛대고 있었다. 그때, 수영은 뭔가 생각난 듯 걸어가려다 갑자기 멈춰 섰다. 스마트폰을 하면서 수영을 따라 걸어가던 수석은 하마터면 수영과 부딪힐 뻔했다.
"아 참, 박수석 경사, 자네 스마트폰으로 찍은 CCTV 영상 박시유 씨에게 보내드리게. 집에 가서 천천히 보시고 생각나는 것 있으면 연락 달라고."
수영은 수석을 보며 말했다. 수석은 수영과 물리적으로 너무 가까웠는지 몇 걸음 뒷걸음질 쳤다.
"아, 알겠습니다. 경감님."
수석은 수영의 말에 대답하고 스마트폰을 몇 번 조작하고는 시유에게 스마트폰을 보여줬다. 스마트폰에는 빠른 속도로 돌린 CCTV 영상이 나오고 있었다.

"이게 어제 금지 구역 통로 CCTV 영상입니다. 이렇게 어젯밤 20시와 24시 사이에 선생님께서 통로에서 움직이는 모습이 찍혀 있습니다."

시유는 영상에 자기 모습이 나오자 유심히 보았다.

"오늘 선생님께서 긴장하셔서 머릿속이 하얘지신 것 같은데 이 영상 스마트폰으로 보내드릴 테니 집에 가셔서 천천히 보십시오. 보시다가 생각나시는 부분 저희에게 알려주시면 정말 감사드리겠고요."

수석은 아이 달래듯 부드럽게 말했다.

"저…. 저는 아니에요…. 이번 사건과 관련이 없어요…."

시유는 우물대며 말했다.

"알고 있습니다. 그래서 저희가 선생님께 도움을 구하고 있는 겁니다."

잔뜩 얼어 있던 시유는 경찰이 '도움'이라고 말하자 눈이 반짝였다.

***

"달래느라고 고생했네."

입에 담배를 물고 있던 수영은 찰칵 소리를 내며 라이터

불을 켜면서 말했다.

"무슨 사내놈이 그렇게도 벌벌 떠는지."

수영은 담배에 불을 붙이고 담배를 한 모금 빨았다.

"그렇습니다. 안절부절못하는 게 짠한 느낌이 들더라고요."

이번에 수석은 수영을 보면서 말했지만, 여전히 한 손에는 스마트폰을 들고 있었다.

"연기는 아닐까? 다 모르쇠로 일관해서 수사에 진척이 없게 만드는. 괜히 불필요한 말을 하지 않아서 불편감도 없애려고 하는."

수영은 생각하는 자세로 두 손을 모으고 말했다.

"긴장했는지 벌벌 떨던데요. 그게 연기면 최고의 배우일 겁니다."

"혹시나 박시유가 범인인데 CCTV 영상을 괜히 준 건 아닐지 싶군그래. 범인이면 영상을 보고 증거 조작을 시도할 수도 있으니."

수영은 손가락으로 책상을 톡톡 치면서 말했다.

"어차피 그 영상 동물원 관계자들이라면 다 볼 수 있는 영상인데요. 그래도 시도해 보지도 않는 것보단 낫지요. 범인이 아니라면 뭐라도 말해주면 참고할 수 있잖아요. 그 영상 보안도 걸어놓아서 유포할 수도 없고요."

수석은 긍정 회로를 돌리며 말했다.

"범인이라면…."

수영은 고뇌에 찬 표정으로 담배 연기를 내뿜고 말을 이었다.

"제일 가능성이 높아. 왜냐하면 자인한이 죽기 전 박시유는 맹수사에 머물렀던 마지막 사람이기 때문이지. 더군다나 전문적인 용접 기술을 보유했기에 우리가 아직 밝혀내지 못한 이 기묘한 사건에 어떤 전문적인 방법을 썼을 수도 있지. 또한 이세리와 공범일 가능성이 있어. 이세리가 소방사장 공사를 하지 않았다면 박시유는 맹수사에 출입할 수 없었기 때문이지. 그렇지만…. 박시유가 우리에게 보여준 태도는 너무나 어리숙해. 저 정도로 어리숙하면 그 어리숙함을 이세리가 이용할 수도 있겠군그래. 이세리가 소방사장 공사 설계를 인한을 죽이기 위한 '어떤 식'으로 하게끔 했을 수도 있어. 어리숙한 박시유는 아무것도 모른 채 이세리의 설계대로 따를 수밖에 없지. 하지만 두 사람은 불과 한 달 전에 자인한을 처음 만났어. 동기가 애매해…."

그렇게 수영은 여러 가지로 생각하고 있을 때, 사무실 문이 벌컥 열렸다. 지윤이었다. 지윤은 수영과 수석에게 가볍게 묵례하고 자연스럽게 수영과 한 칸 떨어진 자리에 앉았다. 매일 지윤이 일하는 사무실이니 지윤에게 맹수사 사무실은 편한 곳이었다.

"여기 금연 구역이에요. 담배 꺼주세요."

지윤은 무표정하게 말했다. 아무래도 함께 일하던 사람이 호랑이에게 물려 죽었다는 것이 충격이었으리라. 지윤의 말에 수영은 담배에서 입을 떼고 잠시 담배를 바라보았다. 짧은 담배꽁초에서 불이 바짝바짝 타고 있었다. 수영은 담배를 거의 다 피운 상태인 것을 확인하고 다행이라고 생각했다. 장초를 남겼으면 아까울 뻔했다.

"아, 죄송합니다. 재떨이가….'

수영은 주변을 둘러보았다.

"당연히 없죠. 나가서 버려주세요."

지윤은 차갑게 말했다. 수영은 젊은 여자의 이 당돌한 모습에 잠시 당황하였다. 수석도 놀라는 기색이 보였다.

"환기도 시켜주세요."

지윤은 수영과 눈도 마주치지 않고 말했다. 수영은 일어나 걸어 나가면서 수석에게 손짓했다. '네가 창문을 열라.'는 뜻이었다. 수석은 수영의 수신호를 알아듣고 창문을 열었다.

"자네가 정지윤 씨와 대화 나누고 있게. 나는 잠시 나갔다 올 테니."

그렇게 수영은 도망치듯 사무실을 나갔다. 엠제트는 역시 참 당돌하다고 생각하였다.

***

"죄송합니다. 저희 경감님이 실내 흡연 세대라 담배를 피우면서 생각을 정리하시거든요."

수영이 나가자, 수석이 다시 한번 사과했다. 지윤은 말없이 고개만 저었다. 괜찮다는 건지, 안 괜찮다는 건지 알 수가 없었다. 수석은 지윤이 가만히 있자 말을 이었다.

"먼저 다시 한번 조사에 응해주셔서 감사합니다. 외람되게 마음이 편치 않으실 테지만 짧게 몇 가지 질문만 드리도록 하겠습니다."

"네."

수석의 말에 지윤은 짧게 대답했다.

"먼저 형식상 의례적으로 여쭙는 건데 어제저녁 7시에 지윤 씨가 사건 현장 앞을 지나는 게 CCTV에 녹화돼 있더라고요. 그때 사건 현장을 지나간 이유를 알 수 있을까요? 의례적인 확인 절차입니다."

수석은 최대한 지윤의 기분을 배려하며 말했다. 수영의 흡연 때문에 불쾌한 심기를 더 건드려서 좋을 건 없었다.

"퇴근하는 길이었어요. 사무실에서 나와 그 통로를 지나야지만 집에 갈 수 있거든요."

퉁명스럽게 대답할 거란 수석의 예상과 달리 지윤은 협조적인 모습으로 대답했다.

"아, 퇴근하는 길이시군요. 그런데 같이 일하는 박공돌 씨는 6시에 CCTV에 찍히셨던데요. 혹시 좀 더 늦게 퇴근하신 이유가 뭔지 알 수 있을까요?"

수석은 스마트폰으로 빠르게 입력하면서 물었다.

"저는 막내잖아요. 잔업을 처리하고 공돌 주임님보다 늦게 퇴근했습니다."

"고생하셨습니다. 그럼, 어제 자인한 씨를 언제 마지막으로 보셨습니까."

"음…. 아마 점심시간 때 마지막으로 봤던 것 같아요. 같이 구내식당에서 밥 먹었거든요."

지윤은 잠시 생각하다가 말했다.

"그러면 퇴근 전까지 자인한 씨를 한 번도 보지 못하셨단 말씀인가요?"

수석은 조금 의아하다는 듯 물었다.

"원래 팀장님이 좀 자유롭게 일하시거든요. 동물원 측에서도 팀장님이 워낙 베테랑이시다 보니 자유롭게 일하실 수 있도록 하고 있어요."

"그렇군요. 따로 어디 간다고 하던지 말씀도 하지 않으시던가요?"

수석은 열심히 스마트폰을 조작하면서 말했다. 아마도 지윤의 말을 기록하는 것일 테였다.

"네, 원래 팀장님은 어디 간다고 말씀 잘 하지 않으세요. 뭐 학회나 출장 등 오래 비워야 할 때는 말씀해 주시는데 잠깐 비우실 때는 따로 말씀하지 않으시죠. 필요하면 저희가 먼저 연락드립니다. 그런데 사실 팀장님이 맹수사 업무 프로토콜을 만들어 놓으셔서 저희가 딱히 연락을 드릴 일이 별로 없어요."

"업무 프로토콜이요? 제가 볼 수 있을까요?"

"네. 여기요."

지윤은 앉은 채로 몸을 뒤로 돌려 뒤에 있는 책상에서 책 한 권을 가지고 와 곧장 수석에게 내밀었다. 책은 두꺼웠다. 수석은 이《원주 동물원 맹수사 업무 매뉴얼》이라는 제목의 책을 훑어보았다. 잠깐 본 것이지만 정리가 굉장히 잘된 것 같은 느낌의 책이었다.

"흐음…. 그렇군요."

수석은 책을 덮으며 말했다. 그러고는 책을 지윤에게 다시 건네주며 말을 이었다. "자인한 씨가 평소와 다른 느낌은 없었나요? 예를 들면 불안해한다든지…."

지윤은 잠시 생각하는 것 같더니만 대답했다.

"… 네. 평소와 특별히 다른 점은 없었어요. 그런데 한 가지 있다면 일주일 전쯤에 연희라는 호랑이가 하늘나라로 갔거든요. 팀장님이 어릴 때부터 키워서 팀장님과 친한 호랑이였는데 노화로 하늘나라로 갔다곤 해도 그런 호랑이가 갑자기 없으니까 팀장님 마음이 허하셨나 봐요. 그 뒤로 팀장님이 연희가 있던 방사장을 한동안 멍하게 바라보고 계실 때가 있긴 했었어요."

"흠. 그래서 그 호랑이가 그리워서 그렇게 새벽에 맹수사를…."

"아뇨, 그건 아니에요." 지윤은 수석의 말을 끊으며 말했다. "팀장님은 예전부터 새벽에 종종 맹수사에 오셨거든요. 저도 처음엔 잘 몰랐었는데 CCTV 확인하다가 알게 되었어요. 그래서 팀장님께 왜 새벽에 오시냐고 여쭤봤었는데 '호랑이는 야행성이기 때문에 새벽에 제일 활발해서 그때 교감을 나누면 더 풍성해진다.'라고 하시더라고요. 사실 저는 잘 모르겠지만요."

"아, 그렇다면 자인한 씨가 새벽에, 맹수사에 종종 온다는 건 다들 알고 있는 건가요?"

수석은 조금씩 실마리를 찾아가고 있다는 느낌이 들었다.

"글쎄요. 같이 맹수사에서 일하는 저랑 공돌 주임님은 알고 있고, 수의사님도 동물 행태 관찰하면서 새벽에 팀장님을 맹수사에서 마주쳐서 알고 있을 텐데, 다른 분들은 잘 모르겠네요."

"그럼 자인한 씨가 언제부터 그렇게 새벽에 맹수사를 방문하기 시작했는지 알고 계십니까?"

"제가 맹수사에 온 게 5년 전이니까 적어도 그때도 항상 새벽에 종종 맹수사를 방문하셨어요. 그래서 최소 5년은 되셨을 텐데 정확한 시기는 잘 모르겠네요."

"감사합니다. 그러면 혹시 지윤 씨께서는 자인한 씨에 대해 어떻게 생각하시나요? 평소에 적을 좀 만드는 타입이었습니까?"

"… 아니요. 저에게는 멘토 같은 분이셨습니다. 어릴 적 저에게 사육사 꿈을 심어주신 분이었거든요. 한 동물 관련 프로그램에서 팀장님이 사육사 초년생 젊은 시절 때 모습이 나왔던 적이 있었어요. 거기에서 팀장님이 진실로 동물을 사랑하는 모습에 반해서 사육사에 대한 꿈을 키웠습니다. 그리고 팀장님은….″

막힘없이 말하던 지윤이 처음으로 말을 멈췄다. 그러고는 이내 심호흡을 하고 말을 이었다.

″… 제가 사육사로 일하면서 계약직으로 전전긍긍하던 때, 5년 전 저를 여기 정규직으로 뽑아주신 분입니다. 저에겐 은인이나 다름없는 분입니다.″

지윤은 숨겨왔던 눈물을 참는 것 같았다. 그리곤 눈물을 삼킨 듯 다시 말을 이었다.

″사실 저는 왜 이런 사고가 났는지 모르겠어요. 팀장님은 지난 20년간 맹수사에서 일해온 베테랑이고, 그 누구보다 호랑이를 잘 아시는 분이거든요. 더군다나 호랑이 '최고'는 사람한테 친근한 표시를 잘하는 정말 순하고 착한 호랑이예요. 팀장님이랑도 친했고요. 그래서 그 '최고'가 팀장님을 공격했다는 게 믿기지 않습니다.″

″그럼 혹시 최근 공사가 영향을 미쳤을까요? 호랑이가 공사에 스트레스를 받아 공격성이 강해질 수도 있지 않을까요?″

수석은 적절한 시점에 공사에 관한 얘기를 꺼냈다.

″물론 그럴 가능성이 없지는 않습니다. 하지만 어제 퇴근

전, 제가 본 '최고'는 평상시와 다를 바 없었습니다. 스트레스 받았다는 느낌도 없었고요. '최고'는 스트레스를 받으면 구석에 숨거든요."

지윤은 단호하게 말했다.

"지윤 씨는 그 호랑이에 대해 잘 아시나 봅니다."

"당연하죠. 제가 사육사 처음 시작하던 17년 전, 아기 호랑이였던 '최고'는 제가 키웠던 호랑이거든요."

***

"그래, 소득은 있던가."

수영은 담배 냄새를 폴폴 풍기며 수석에게 말했다. 지윤이 조사를 마친 후 나가고 몇 분 뒤, 수영이 사무실로 들어왔다. 수석이 보기에 수영은 담배를 수도 없이 많이 피고 왔음이 틀림없었다.

"네. 큰 수확이랄 것은 없지만 자인한 씨의 평판이나 맹수사 내부 상황에 대해서 어느 정도 알게 되었습니다."

수석은 스마트폰에 입력한 지윤과의 대화 내용을 수영에게 보여주었다. 수영은 수석이 건넨 스마트폰을 봤다. 노안이 오고 있는 수영에게 수석이 입력한 스마트폰 글씨는 너무 자잘해서 읽기 힘들었다. 수영은 피곤한지 이내 눈을 비볐다. 그래도 수영은 노안이 왔다는 티를 내기는 싫어 마지막

대화 내용을 열심히 읽었다.

"여기 최고라는 호랑이가 순하고 착한 호랑이라고 한 부분에 대해서는 마치 '우리 개는 안 물어요.' 같은 발언인데?"

"맞습니다. 저도 비슷한 생각입니다. 아무리 사람이 키웠다고 해도 야생 본능이 있는 호랑이는 절대 온순한 동물이 아니죠. 그리고 여기 자인한 씨가 만든 맹수사 업무 프로토콜입니다. 두껍긴 해도 맹수사 업무 흐름에 대해서 잘 알 수 있겠더라고요."

수석은 《원주 동물원 맹수사 업무 매뉴얼》이라고 적힌 두꺼운 책 한 권을 수영에게 내밀며 말했다. 수영은 책을 펼쳐 보았다. 깨알 같은 글씨가 가득했다. 수영은 급히 피곤함이 몰려왔다.

***

"딱 봐도 팀장님이 방심해서 호랑이와 접촉하는 일이 발생한 걸 겁니다. 그래서 사고가 난 거고, 어제 비바람이 몰아쳤으니, 출입문이 자연스레 닫히면서 잠긴 걸 겁니다."

공돌은 다리를 꼰 채 의자에 기대앉아 수영과 수석에게 말했다. 공돌은 뭔가 불만이 가득한 표정이었다.

"좀 더 자세히 설명해 주시죠. 자인한 씨가 방심해서 호랑이와 접촉했다는 게 자인한 씨 스스로 호랑이 방사장 출입문을 열었다는 겁니까."

수영은 두 손바닥을 모은 채 공돌에게 물었다. 공돌은 자세를 고쳐 반대쪽 다리를 꼬았다.

"나, 참…. 팀장님은 평생을 호랑이 연구로 살아오신 분입니다. 세계 누구보다 호랑이에 대해서 잘 안다고 볼 수 있죠. 그 자신감으로 호랑이 소방사장 문을 열었을 겁니다. 팀장님은 호랑이랑 유대감도 좋았거든요. 하지만 그 자신감이 자만이 된 겁니다."

공돌은 말을 툭툭 던지며 했다. 원래 말투가 그런지, 아니면 경찰 조사가 불편했는지 알 길은 없었다.

"그러면 자인한 씨가 지금까지 지난 20년 동안 방사장 문을 열지 않았다가 왜 하필 어제 연 걸까요?"

수영은 몸을 공돌 쪽으로 기울이며 말했다.

"그거야 모르죠. 하지만 최근에 팀장님이 애지중지하던 연희가 죽어서 어떤 심경의 변화가 생기셨을지도요. 그리고…."

"그리고요?"

수영은 공돌 쪽으로 몸을 더 기울였다. 그러자 공돌은 자연스레 몸을 뒤로 뺐다.

"사고가 어제 난 거지, 평소에 팀장님이 호랑이 방사장에 들락날락했을 수도 있다는 겁니다. 팀장님은 야행성인 호랑이와 유대를 쌓는다고 종종 밤에 혼자 맹수사에 가실 때가 많았거든요. 하인리히 법칙이라고 있잖아요. 사단이 어제 난 겁니다."

공돌이 말한 하인리히 법칙이 뭔지 수영은 몰랐지만, 그냥 모른 채 넘어갔다.

"가정입니까? 자인한 씨가 호랑이와 접촉하는 걸 보신 적은 없다는 거죠?"

수영은 고개를 갸웃하며 물었다.

"본 적은 없긴 한데, 심증은 있습니다. 저도 나름 맹수사 짬밥 10년이 넘었는데 호랑이가 유난히 팀장님을 좋아했거든요. 분명히 밤에 팀장님이 호랑이한테 고기를 준다든지 쓰다듬든지 그랬을 겁니다. 호랑이도 쓰다듬어 주는 거 좋아하거든요. 그루밍이라고. 호랑이도 고양잇과라 고양이처럼 그루밍을 좋아하거든요."

공돌의 말에 수영과 수석은 서로를 쳐다봤다. 둘은 말없이 의견을 교환한 듯 보이고는 수영은 고개를 끄덕였다.

"좋은 의견 감사합니다. 하지만 심증만으로는 부족하므로 저희가 참고해서 수사를 진행하도록 하겠습니다."

수영의 말에 공돌은 인상을 쓰며 자세를 더 불량하게 틀었다. 아마 자신의 의견을 참고 정도만 하겠다는 것에 대해 불만인 듯했다.

"뭐가 됐든 사고일 겁니다."

공돌은 퉁명스럽게 말했다.

"그러면, 그런 자인한 씨에 대해서 어떻게 생각하십니까.

맹수사 팀장이라고는 하지만 너무 자의적으로 행동하신 감이 없잖아 있어 보이는데요."

수영은 일부러 인한에 대해 부정적인 발언을 했다. 혹시나 내재해 있는 공돌의 살해 동기를 수면으로 끌어낼 수 있지도 않을까 하는 바람으로. 하지만 수면으로 끌어낸 공돌의 답은 다른 부분인 것이었다.

"저는 별로 그렇게 생각하지 않는데요. 동물과 관계 속에는 자의적 행동의 반대말이라고 할 수 있는 정해진 형식이란 건 없는 겁니다. 팀장님이 호랑이와 관계를 그런 식으로 정했다면 팀장님한테는 호랑이와 유대감을 나누는 게 호랑이와 관계인 거죠. 저는 맹수인 호랑이와 인간은 다른 길을 가야 한다는 생각으로 팀장님과 반대긴 했습니다만. 사실 누가 옳다고도 볼 수 없는 거죠. 그래도 팀장님은 존경스러운 분이었습니다. 호랑이가 팀장님을 잘 따르는 게 왠지 모르게 부럽더라고요. 호랑이와 인간은 다른 길을 가야 한다는 제 생각인데 호랑이와 팀장님이 친한 모습이 부럽다니 참 모순된 생각이죠."

***

"박공돌 말이 맞는다고 생각하나?"
수영은 전자 담배를 피우며 말했다. 수석은 지윤과 대화를 나눌 때 수영이 자리를 오래 비웠었던 건 전자 담배를 사서 오느라 그랬던 것임을 깨달았다.

"그러지 않아도 과거 CCTV 영상을 확인해 봤는데 자인한 씨는 종종 밤에 맹수사에 왔었더라고요. 방사장 내부를 촬영한 CCTV는 없어 소방사장에 들어가는지는 확인할 수 없었지만."

수석이 스마트폰을 조작하며 말했다.

"그럼 자인한이 소방사장에 출입한 흔적이 있는지 확인해 보면 되겠군그래."

수영은 두 손바닥을 모으고 말했다.

"의미 없을 겁니다. 어차피 사육사들은 청소를 위해 소방사장에 매일 출입하거든요. 무조건 흔적이 있을 겁니다."

"그러한가. 청소를 위한 출입과 차별을 둘 수 있는 어떤 다른 흔적은 없을까?"

수영의 말에 수석은 말이 없었다. 딱히 생각이 떠오르지 않았다. 그러자 수영은 말을 이었다.

"그리고…. 자연스레 바람에 의해서 소방사장 출입문이 닫히는 게 가능한 일인가?"

수영은 눈을 길게 뜨면서 말했다. 수석은 수영의 말에 스마트폰을 조작했다. 아무래도 현장 사진을 보는 것 같았다.

"음…. 제가 보기엔 그러긴 어려울 것 같습니다. 소방사장 출입문은 아파트 문이나 다름없어서 말발굽[*]을 하지 않으면 스스로 닫힙니다. 그래서 호랑이가 방사장에서 나오려면 말발굽이 된 상태였다는 것입니다. 말발굽을 하지 않으면 자연스레 도어락 시스템인 출입문이 잠겨서 호랑이가 나올 수 없죠. 그리고 말발굽은 고정된 이상 자연스레 풀리지 않습니다. 무언가에 의해 조작되지 않는 한.”

수석은 스마트폰 사진을 수영에게 보여주며 말했다.

"흠…. 호랑이가 말발굽을 풀고 들어가지는 않았겠지."

수영은 턱을 괴고 말했다. 진지한 표정이었다.

"사실 호랑이가 실수로 말발굽을 건드려 출입문이 닫혔을 가능성도 있습니다. 하지만 이건 정말 극히 희박한 확률이죠."

수석은 수영이 말한 본질을 유지한 채 덧붙여 말했다.

"그래도 가능성이 없진 않다는 말이지. 현장에서 말발굽에 호랑이 발자국이라든가 호랑이 흔적이 있는지 알아봐야겠어."

수영은 노트에 무언가를 적으면서 말을 이었다.

"그런데…. 박공돌은 왜 가능성이 희박한 소리를 당연하다는 듯이 말했을까. 매일 호랑이 방사장을 확인할 텐데 말이야."

수영은 생각에 잠긴 표정이었다.

"아무래도 최근에 공사가 끝나서 출입문 시스템을 잘 몰라서 그런 말을 한 게 아닐까요? 예전 철문이던 시절에는 가능

---

* 아파트 집 문 아래쪽에 부착된 문 고정장치를 일컫는다.

했을지도 모르죠."

"그렇기도 하겠군그래."

수영은 수석의 말에 고개를 끄덕였다.

"대신 낚싯줄 같은 것을 이용하면 현장에 없어도 말발굽을 쉽게 풀 수 있습니다. 말발굽에 낚싯줄을 걸어서 당기는 식으로 하면 말발굽을 풀 수 있죠."

수석은 스마트폰에서 말발굽 사진을 수영에게 보여주며 말했다.

"그렇군. 현장 검증이 필요하겠어. 그렇다면 왜 범인은 출입문을 닫겠다고 생각했을까. 만약 출입문을 닫지 않는다면 우발적인 사고로 위장할 수 있었을 텐데 말이야."

수영은 턱을 괸 채로 말했다.

"출입문을 닫지 않는다면 호랑이가 밖에서 돌아다니게 되니 추가 피해가 생길 수 있어서 그러지 않았을까요? 범인은 마냥 무자비한 사람이 아니라 오직 자인한만 노린 것일 수도 있습니다."

"그렇군…. 박공돌이 말도 안 되는 소리를 한 덕분에 사건에 뭔가 느낌이 오고 있군그래. 좋아. 그럼 다시 현장에 가보지."

수영은 일어서려고 하였다.

"아…. 그런데 앞에 서혜나 씨도 와 계십니다. 꽤 오래 기다리셨습니다."

수석은 나가려던 수영을 몸짓으로 붙잡았다.

"서혜나?"

수영은 누군지 모르는 기색이었다.

"어젯밤 22시에 CCTV에 찍힌 관계자입니다. 수의사라고 하더라고요."

"아…. 그랬었지. 얼른 만나보고 사건 현장에 가보지."

수영의 마음은 현장에 있는 것 같았다. 사고는 새벽에 발생했지만, 어느덧 해가 뉘엿뉘엿 지고 있었다.

***

혜나는 조사를 위해 오래 기다렸음에도 특별한 말을 하지 않고 조사에 임했다. 하지만 오랜 기다림에 대한 불만인지 조사 내내 혜나에게서 특유의 차가움이 느껴졌다. 때론 그것이 차가움을 넘어서 싹수없다고까지 느껴졌다.

"그러니까 호랑이 상태를 확인하기 위해 밤늦게 이곳에 오셨다는 말씀이죠?"

수영은 혜나의 말을 재차 확인하며 물었다.

"저는 두 번 말하는 건 질색이에요. 한 번 자세하게 말씀드릴 테니 녹음하시든지 잘 적으세요."

혜나는 차갑게 말했지만, 수석이 스마트폰 조작할 시간을 잠시 기다려 주고 말을 이었다.

"최근에 20살 고령인 연희라는 호랑이가 죽었어요. 정말 건강했던 호랑이였기에 연희의 생애가 전형적인 건강한 호랑이의 일생이었죠. 그만큼 연구 자료도 쌓았고요. 그리고 요즘 제가 호랑이 건강에 관해 연구하고 있는데 연희의 새끼들이 여기에 많아요. 연희랑 거의 비슷한 노령 개체도 있고요. 그래서 그들 건강 행태에 관해 연구하기 위해 밤늦게 맹수사에 간 겁니다. 호랑이는 야행성이잖아요. 밤에 봐야 그들의 행태를 더 자세히 관찰할 수 있어요. 야생 개체였던 연희의 혈통을 물려받은 호랑이가 연희의 행태와 무엇이 다른지 비교 분석하기 위해서죠."

혜나의 말투는 차가웠지만 말 내용은 자세하고 친절했다. 수영은 혜나의 말을 듣고 잠시 생각하다가 물었다.

"혹시 다른 노령 호랑이가 '최고'라는 호랑이입니까."

수영의 말에 혜나는 살짝 놀란 기색이 보였다. 경찰이 그것까지 알고 있을 거라고는 생각 못 했던 듯했다.

"어? 맞아요. 요즘 가장 관심이 깊은 호랑이죠. 하지만 그 호랑이가 사고에 휘말릴 줄은 몰랐어요."

혜나는 담담히 말했다. 자인한의 죽음이 그녀에게는 자신과 관계없는 먼일을 대하는 것 같았다.

"그러면 혹시 그 호랑이가 최근에 스트레스를 받거나 그런 비정상적인 행태를 보인 적이 있습니까. 사람 손에 키워져서 사람을 좋아해서 공격성이 없다고 하던데요."

수영의 말에 혜나는 어이없어하는 표정이 새어 나왔다. 마치 무식한 사람을 대하는 표정이었다.
"하…, 호랑이는 맹수이자 인간과 다른 종이에요. 인간은 인간끼리도 서로 이해를 못 하는 종족인데 하물며 다른 종인 호랑이를 절대 완벽히 이해할 수 없어요. 그들이 어떤 행동을 하건, 그들의 생각이자 그들의 룰입니다. 호랑이가 하는 행태에 인간의 이유를 달 순 없어요. 그 호랑이가 사람 손에 키워졌다고 해서 공격성이 없다는 건 인간의 이기적인 생각이죠. 호랑이는 역사적으로 언제나 인간을 공격해 왔어요."
혜나는 한심해하는 표정을 숨기려 했지만 드러났다. 수영은 그런 혜나를 못 본 체하고 말을 이었다.
"그러면 밤에 호랑이를 보러 가셨다고 하셨는데 혹시 밤에 자인한 씨를 마주친 적이 있으십니까? 자인한 씨도 종종 밤에 호랑이를 보러 맹수사에 가셨다고 하는데요."
수영의 물음에 혜나는 잠시 틈을 두고 대답했다.
"… 아니요. 마주친 적 없어요. 팀장님이 밤에 호랑이 보러 간다는 말은 들었는데 공교롭게도 마주친 적은 없네요."
수영은 혜나의 말이 거짓말이라고 생각했다. 호랑이 연구를 위해서는 오랫동안 관찰해야 호랑이 행태를 알 수 있을 것이다. 자인한도 호랑이와 교감을 나누기 위해 오래 머물렀다. 그 오랜 시간 동안 밤에 둘이 겹치지 않는 것은 말이 되지 않았다. 수영은 수석을 보았다. 수석은 고개를 끄덕였다. 수영의 무언의 말이 잘 전달된 듯하였다.

"그렇군요. 그럼 돌아가신 자인한 씨에 대해서는 어떻게 생각하십니까."

"어떻게 생각하냐고요?"

혜나는 반문했다. 수영은 혜나 본인이 두 번 말하는 것은 질색이라고 했으면서 내로남불을 하니 기분이 좀 뭐 했다.

"뭐, 좋은 분이다. 별로다. 장점이 뭐다. 단점이 뭐다. 이런 것 말입니다."

수영은 그래도 침착함을 유지한 채 물었다.

"… 좋은 분이에요. 팀장님이 워낙에 호랑이 전문가시라 호랑이를 잘 돌봐주는 통에 사실 제가 맹수사 갈 일이 별로 없었어요."

혜나는 담담하게 말했다. 혜나의 말에서는 인한의 죽음이 전혀 아무렇지도 않은 일처럼 느껴졌다. 맹수사에 갈 일이 별로 없다 보니 인한에 대해 친근함이 없어서 그럴지도 모른다고 수영은 생각했다.

"그럼 자인한 씨가 생전 겪었던 갈등에 대해 생각나시는 건 있으십니까."

수영은 별 기대 없이 의례적인 질문을 던졌다. 자인한이 살해당할 동기를 파악하기 위해 모두에게 했던 형식적인 질문이었다. 하지만 의외의 답을 듣게 되었다.

"… 그렇게 생각하니 박제사 안두나 씨가 떠오르네요. 팀장님과 안두나 씨는 박제 건을 두고 갈등이 있던 것으로 알고 있어요. 안두나 씨는 호랑이가 죽을 때마다 박제를 하고 싶어 했는데 번번이 팀장님 반대로 박제하지 못했죠. 7년 전, 제가 없을 때지만, 수컷 호랑이가 제 수명을 못 채우고 열사병으로 죽었을 때도 갈등이 있었다고 하고, 5년 전 암컷 호랑이가 고양이 감염병으로 죽을 때는 전염의 위험이 있다는 이유로 소각처리 했었죠. 그리고 작년에도 수컷 호랑이 한 마리가 자연사하자 우여곡절 끝에 박제가 진행된 것으로 알고 있어요."

"박제사라고요?"

수영의 재차 물음에 혜나는 조용히 고개를 끄덕였다.

***

"거짓말인 줄 알았는데."

수영은 두 손바닥을 모으고는 팔꿈치를 책상에 댄 채, 눈을 감고 생각에 잠긴 척 말했다. 혜나가 나가고 수영과 수석은 CCTV 과거 영상을 다시 확인해 봤다. 과거 CCTV 영상에서 혜나는 밤 22시경에 맹수사에 와서 5~10분 정도만 머물고는 이내 곧 떠나는 장면들이 찍혀 있었다. 인한이 맹수사에 와서 새벽까지 머문 장면이 찍힌 것은 항상 혜나가 떠난 그 이후였다.

"연구치고는 아주 짧게 호랑이를 보고 갔군요."

"형식적으로 왔다 간 느낌이군. 연역적 연구면 그럴 수도 있지. 박사 학위가 있는 내 처지에서 이해는 되군그래."

수영은 고개를 끄덕이며 말했다.

"아무래도 서혜나 씨가 말한 박제사 분도 만나봐야 할 것 같습니다. 자인한 씨를 더 자주 보는 사육사분들은 박제사에 관해 얘기하지도 않았는데 서혜나 씨만 박제사에 관해 얘기한 것도 걸리는 부분입니다."

수석은 수영의 말에 대꾸 없이 자기 말을 했다.

"쓸데없이 한 사람이 끼어들어서 뭔가 더 복잡해진 기분이군그래. 사건의 열쇠는 어쩌면 박제사라는 사람이 쥐고 있는지도 모르겠어."

수영은 주먹을 꽉 쥐며 말했다. 하지만 예전만치 못하게 주먹 힘이 금방 스르르 풀렸다.

12장

동기

지윤은 관람객 구역에서 4방사장을 멍하니 바라보고 있었다. 사건이 일어난 지도 며칠이 지났다. 폴리스 라인은 걷어지고 사건은 언제 일어났냐는 듯 맹수사에는 관람객이 북적거렸지만 지윤에게 사건은 여전히 가슴에 비수를 꽂은 채 유지되고 있었다. 지윤이 멍하니 바라보고 있는 4방사장은 며칠째 대한이만 방사되고 있었다. 4방사장은 원래 최고와 대한이를 교대로 방사하는 대방사장이었지만 최고는 소방사장에서 격리 중이었다. 사람을 죽인 호랑이라는 이유로. 어쩌면 사람을 공격하는 게 호랑이의 본능일지도, 호랑이가 사는 방식일지도 모른다. 하지만 인간은 호랑이보다 우월한 지위 속에서, 그런 호랑이 삶을 통제하고 있는 것이었다. 애초에 인간이 호랑이를 가둬서 키우지 않는 한 이런 일은 발생하지 않았을지도 모른다. 호랑이 구역을 존중해 주고 서로 얽히지 않는다면 이런 일이 발생하지 않았을지도 모른다. 하지만 인간은 그러지 않았다. 인간은 호랑이를 잡아서 키우기를 원했다. 인간은 멸종 위기에 처한 호랑이를 보호한다는 명목하에 잡아서 키우고 있다. 이것은 또 인간의 본능이자 욕구일지도 모른다. 자신보다 약한 존재를 보호하고 싶어 하는 동정심. 그리고 수천 년간 영물이라 일컬어졌던 호랑이가 정말로 사라져 버릴 것만 같은 두려움일지도 모른다. 그 사라짐의 시작은 인간 손에서 비롯된 것임에도 불구하고. 인간과 호랑이는 이렇게 현재 아슬아슬한 공존 상태를 유지하고 있는 것이었다. 하지만 호랑이에게는 이 아슬아슬함을 유지할 수 있는 권한이 없었다. 오로지 인간만이 그 끈을 잡고 있는 것이었다. 인간이 그 끈을 놓아버린다면 끈에 묶여 있는 호랑이는 낭떠러지로 추락할 것이다. 지윤도 그런 끈을 잡고 있는 사람 중 하나였다. 다만 지윤은 그런 끈을 조금 더 강하게 당긴 사람이 아니었을까. 지윤은 호랑이를 낭떠러지에서 끄집어 올리고 싶어 했다. 그도 그럴 것인 게, 지윤이 혈기 왕성하던 20대 초반 사육사로 근무하던 시절 처음 맡게 된 동물이 어미가 육아를 포기한 아기 호랑이 삼 남매였다. 원체 동물이 좋아서 사육사 길로 들어섰지만, 그중에서도 처음은 누구에게나 특히 각별하다. 지윤은 어미에게 보살핌을 받지 못한 이 귀여운 아기 호랑이들이 너무나 가여웠고, 어미 호랑이에게 받지 못한 사랑을 주고 싶었다. 그래서 밤낮없이 보채는 아기 호랑이들에게 우유를 먹였고, 낯선 환경으로부터 적응할 수 있도록 함께 있어주었고, 활동량이 왕성한 아기 호랑이들과 매일 같이 함께 놀아주었다. 거기서 지윤은 호랑이를 길들일 수 있다는 근거를 보았다. 그렇게 사랑을 주니 아기 호랑이들이 지윤을 엄마처럼 따랐다. 아기 호랑이들은 지윤에게 고양이 특유의 친근함을 나타내는 표시인 부비부비를 하였고, 지윤만 졸졸 따라다녔다. 지윤은 자식이 있다면 이런 기분일까, 싶을 정도로 아기 호랑이 삼 남매를 사랑했다. TV 프로그램에 출연하며 호랑이 삼 남매와 지윤은 인기를 얻기도 했고, 그렇게 행복한 시간을 보냈었다. 하지만 그것도 잠시, 채 1년 만에 지윤과 호랑이 삼 남매는 헤어지게 되었다. 1년 계약직이었던 지윤은 호랑이 삼 남매가 성장하여 독립해야 함에 따라 자연스레 재계약에 실패하였고, 지윤은 호랑이 삼 남매와 헤어져 다른 동물원을 오가며 사육사 생활을 계속하였다. 지윤은 바쁜 생업 속에서도 호랑이 삼 남매를 잊지 않았다. 자주는 아니더라도 가끔 호랑이 삼 남매를 만나러 원주 동물원에 갔다. 울타리를 사이에 두고 멀리서 호랑이 삼 남매를 보게 되었지만, 호랑이 삼 남매가 자신을 알아보는 것 같은 느낌이었다. 당시 상황에서는 그것만으로 만족했다. 하지만 호랑이 삼 남매 중 둘째였던 민국이 갑작스레 열사병으로 죽으면서 지윤은 마치 가족을 잃은 것만 같은 아픔을 겪었다. 지윤은 당시 호랑이 삼 남매를 위해 아무것도 해줄 수 없었던 자신이 원망스러웠다. 만약 자신이 맹수사에 근무했었더라면 그런 어이없는 죽음은 없었을 것이었다. 지윤은 호랑이가 열사병으로 죽은 것은 무조건 사육사 잘못이라고 생각했다. 지윤은 당시에도 사육사였던 인한이 원망스러웠다. 지윤에게 인한은 자기 가족을 죽인 사람처럼 느껴졌다. 더군다나 민국은 죽고 박제가 되었다. 두 번 죽인 셈이었다. 민국의 박제를 한다는 말이 있을 때, 지윤은 민국의 박제를 막고자 필사적으로 박제 반대 집회를 했다. 하지만 동물원 측에서는 말도 안 되는 이유로 들어 박제 철회를 하지 않았다. 그 내용은 대충 이런 것이었다.

박제해서 호랑이 본연의 모습을 보존한다면, 먼 미래에 우리 인류의 후손들이 과거의 역사를 돌아볼 때 자연사의 기록이자 국가 자연 유산으로 소중하게 기억할 수 있다. 표본은 사진이나 영상으로는 대체할 수 없는 실물로서의 기록이다. 표본은 생물학적, 역사적 기록으로 중요한 역할을 한다. 수많은 표본이 축적되면서 표본 자체가 자연사의 재료가 되어 전시 교육 분야와 자연 연구 분야의 미래 자원으로 활용될 수 있다. 또한 멸종 위기 동물들의 종 보전을 위하여 동물의 생태적 모습과 유전 정보를 후대에 전달하는 중요한 자료이다. 최근에는 과학기술의 발전으로 표본을 통해 그 동물이 당시 살았던 서식지와 어떤 먹이를 즐겨 먹었는지까지 밝혀낼 수 있다. 그러므로 표본은 먼 미래 후대 과학자들의 연구 자료로 활용될 무한한 가능성을 가지고 있다. 그리고 그 연구를 통하여 멸종 위기에 처한 동물들을 한 마리라도 더 구할 수 있다면, 표본을 보존하는 일은 중요하고 가치 있는 일이다.

　대충 뭐 이런 내용이었다. 지윤은 무슨 헛소리를 이렇게 길게도 했는지 했다. 뭐, 변명이 많은 이는 혓바닥이 긴 법이니까 이해 못 하는 것도 아니긴 했다. 하지만 이 내용은 동물을 물건으로 취급하는 인간의 이기적인 마인드만 보여준 꼴이었다. 그리고 멸종 위기종 보존이라는 뭔가 있어 보이고, 대의적인 것처럼 보이는 좋은 말만 살살 내세우는 게 인간 특유의 교언영색 꼴이라고 생각했다. 그렇게도 멸종 위기종 보존을 하고 싶었다면 애초에 호랑이가 죽지 않게 관리를 했었어야지.
　지윤은 그리고 호랑이를 사랑한다면서 박제를 막지 못한 인한도 더욱더 원망스러웠다. 맹수사 팀장이라는 자가 동물원 측과 여론 가운데 끼어서 줏대 없이 구는 게 마음에 들지 않았다. 그렇게 민국의 박제가 결정되고 나서 지윤은 얼마나 울었는지 모른다. 어쩌면 민국이 죽었을 때보다 더 울었던 것 같았다. 그래도 동물원 측은 이 일 이후로 여론의 반응과 인한의 추천으로 인해 당시 호랑이 엄마로 유명했던 지윤을 맹수사 사육사로 고용했다. 하지만 지윤의 인한과 동물원 측에 대한 반감은 여전했다. 자신을 고용한 것도 어떻게 보면 호랑이 관리 실패와 박제 문제와 같은 부정적인 여론을 잠재우고 싶은 동물원 측과 인한의 술수라고 생각했다.

그리고 지금, 인한은 죽고 없지만 죽으면서까지 혹을 남기고 가니 지윤은 인한이 정말 싫었다. 아니 증오스러웠다. 인한 때문에 호랑이 남매 중 막내이자 홍일점, 그리고 너무 순하고 너무 귀여운, 지윤이 가장 아끼는 최고가 사건에 휘말렸다. 최고는 사람을 죽인 호랑이이기 때문에 우리나라 정서상 어쩌면 안락사를 당할지도 모른다. 여태껏 사람을 해친 동물을 대개 그래왔었다. 하지만 지윤은 최고를 그렇게 되게 내버려둘 수 없었다. 자신의 존재 이유이기도 했다. 과거 민국이 죽을 때에는 자신이 그들 곁에 없었지만, 지금은 호랑이 삼 남매 곁에 자신이 있었다. 지윤은 혼잣말로 읊조렸다.

"최고야…. 내가 꼭 지켜줄게."

그때, 옆에서 누군가가 지윤을 조심히 불렀다. 지윤은 고개를 돌려 그를 보았다. 호랑이 덕후 매구였다.

"안녕하세요. 사육사님. 너무 다른 생각에 집중하고 계신 것 같아서…."

매구는 가벼운 미소를 지으며 지윤을 향해 말했다. 지윤은 매구의 이 미소를 보니 이상하게도 마음이 편안해졌다.

"아, 안녕하세요…. 저번에 제가 너무 뭐라고 말한 건 죄송했습니다."

지윤은 지난번 매구가 일반인 출입 금지 구역인 소방사장 통로로 들어왔던 것을 생각하며 말했다.

"아…. 아닙니다. 제가 잘못한 건데요…."

매구는 얼굴을 붉히며 죄송한 표정을 지어 보였다.

"저…. 사육사님, 그런데 맹수사에 무슨 일이 있나요? 오늘 오랜만에 왔는데 뭔가 분위기가 어수선하네요."

매구는 고개를 갸웃하며 지윤에게 물었다. 지윤은 그런 매구를 잠시 말없이 보다가 짧게나마 지난 일들을 얘기해 주었다. 인한이 호랑이에게 물려 사망한 것과 인한을 물어 죽인 호랑이가 최고라는 것을. 그리고 경찰이 다녀갔음을.

지윤의 말을 들은 매구는 훌쩍거리며 울기 시작했다. 그러지 않아도 매구의 초롱초롱한 눈망울이 더욱 그렁그렁해졌다.

"말도 안 돼요…."

매구는 북받쳐 오르는 슬픔을 참으려는 듯 두 손으로 입을 막았지만 터져 나오는 눈물은 참지 못했다. 매구의 커다란 두 눈에서 맑은 눈물이 매구의 하얗고 뽀얀 뺨을 타고 흘러 내렸다. 이후, 매구는 하염없이 조용히 눈물을 흘렸.

지윤은 그런 매구를 보며 과거 자신과 비슷하다고 생각했다. 호랑이 삼 남매 중 둘째인 민국이 7년 전 열사병으로 어이없는 죽임을 당했을 때, 애도하는 것을 제외하고는 아무것도 할 수 없었던 과거의 자신과. 지윤은 그런 매구를 안쓰럽게 바라보며 매구에게 한 걸음 가까이 다가갔다.

"괜찮아요. 최고는 꼭 제가 지킬게요….”

지윤은 매구의 어깨를 토닥거리며 말했다.

***

공돌은 맹수사 사무실로 들어왔다. 익숙한 공기, 익숙한 풍경이 펼쳐졌다. 사무실 창가 가운데에 큰 책상이 있고 양 구석에 작은 책상 두 개가 있었다. 특히 한 책상은 너저분하게 어질러져 있었다. 그리곤 한가운데에는 둥근 테이블과 의자 몇 개가 배치돼 있었다. 이는 회의랍시고 하는 테이블이었다. 공돌은 사무실을 천천히 스캔하며 사무실 가운데로 갔다. 그리곤 창가에 있는 책상을 바라보았다. 그 책상엔 '팀장 자인한'이라고 적힌 이름표가 있었다. 공돌은 그 이름표를 집어 들었다. 그러고는 이름표를 보면서 알 듯 말 듯 한 미소를 짓고는 이름표를 그대로 옆에 있는 쓰레기통으로 던지듯 집어넣었다. 이름표가 쓰레기통에 박히는 소리가 났다. 그리곤 공돌은 그 넓은 책상에서 의자를 빼고는 의자에 누울 듯이 몸을 기댔다. 굉장히 편했다. 공돌은 넓은 책상, 편한 의자에서 바라본 사무실 풍경을 느껴보았다. 신선한 공기, 신선한 풍경이 공돌의 눈앞에 펼쳐졌다. 같은 공간이지만 서 있는 자리에 따라 다른 풍경이 펼쳐진다. 공돌은 신선한 공기를 느끼듯 숨을 크게 들이쉬었다. 공돌은 만족스러웠다. 만족스러움을 만끽하던 중 공돌은 넓은 책상에 꽂혀 있는 《원주 동물원 맹수사 업무 매뉴얼》이라는 두꺼운 책이 눈에 들어왔다. 공돌은 인상을 찌푸리면서 두꺼운 책을 꺼내 들었다. 공돌은 책을 한 장도 넘기지 않고 책 표지만 오랫동안 쳐다보았다. 공돌은 이 책을 보며 오만가지 생각이 떠올랐다. 동물이 좋아서 사육사를 시작한 공돌에게는 사육사로서 꿈이 있었다. 그 꿈은 동물이 동물답게 살 수 있는 환경을 만들어 주는 것이었다. 새는 새답게 광활한 하늘을 가르면서, 호랑이는 호랑이답게 넓은 공간에서 사냥하며 맹수답게 살기 바랐다. 인간에게 아양이나 떠는 그런 호랑이는 호랑이답지 못한 거로 생각했다. 그것이 자연의 이치였다. 인간은 그저 호랑이가 호랑이답게 살 수 있는 터전만 제공하면 되는 것이었다. 만약 인간이 그러질 못하겠다면 호랑이는 과거처럼 인간에 의해 사냥당해 멸종하는 것이 나을 것이었다. 하지만 공돌의 이런 바람은 자신보다 높은 위치에 있는 인한에 의해서 가로막혔다. 인한과 공돌은 똑같이 호랑이를 좋아했지만, 좋아하는 방식이 달랐다. 인한은 호랑이를 가까이에서 관리하기를 선호했다. 인한은 호랑이 일거수일투족을 관찰하며 호랑이와 교감을 나누는 것에서 행복을 느끼는 사람이었다. 공돌은 이렇게 주는 먹이나 받아먹고 사람에 의해 통제되는 생활을 하는 호랑이가 서커스단 호랑이와 뭐가 다르냐고 생각했다. 공돌은 인한의 매뉴얼대로 하는 업무가 역겨웠다. 그 역겨운 매뉴얼이 지금 보고 있는 이 책에 다 적혀 있는 것이었다. 매뉴얼을 만드는 건 팀장의 막강한 권한이었다. 공돌은 이제 새로운 매뉴얼을 써보고자 한다. 공돌도 사육사 경력만 15년, 맹수사 경력만 10년을 가진 베테랑이다. 현재 원주 동물원에서 자신보다 맹수사 경력이 오래된 사람도 없다.
'이제 내가 팀장이 된다면….'
공돌은 만면에 웃음을 짓고 있었다.

***

혜나는 자신의 사무실이 있는 동물 병원으로 들어왔다. 원주 동물원 한 구석에 있는 동물 병원은 동물원 규모에 비해 너무 초라해 보였다. 찾기도 힘든 동물원 구석에 있는 것부터 시작해서 동물 병원은 겉으로 보기에도 허름했고, 내부도 엉망이었다. 그래도 지금은 많이 나아진 것이었다. 5년 전, 처음 동물원 수의사로 부임했을 때 혜나는 많은 부분에서 놀랐다. 강남에서 반려견, 반려묘들을 주로 진료하다가 다양한 경험을 쌓기 위해 동물원에 왔는데 의료 장비며, 의료 기구며 강남에 있을 때보다 나은 것이 하나도 없었다. 동물원에 있는 의료 장비와 의료 기구는 언제 사들였는지 추측도 할 수 없을 정도로 노후화되어 있었다. 동물원 동물이 훨씬 더 다양하고 복잡한데 말이었다. 그리고 동물원 관리 상태에 대해서도 놀랐다. 생각보다 많은 동물이 제 수명을 살지 못하고 폐사하고 있다는 것이었다. 동물원 동물은 먹고 재워주기 때문에 제 수명대로 살다 갈 것으로 생각했지만 오산이었다. 동물들은 스트레스가 많았고, 잔병치레가 잦았다. 대부분 동물은 한두 개씩 지병을 앓으며 살아가고 있었다. 혜나는 다른 것보다 이것에 가장 중점을 뒀다. 의료 장비와 의료 기구 개선은 나중 일이었다. 다행히 혜나의 노력 덕분에 여전히 나아가야 할 길이 많긴 하지만 어느 정도 개선되었다. 제 수명을 살지 못하고 폐사한 동물의 수는 감소하는 추세를 보이고 있었다. 하지만 동물원에서 혜나가 접근하기 힘든 곳이 한 군데 있었다. 그곳은 바로 맹수사였다. 맹수사에는 호랑이 전문가라 불리는 맹수사 팀장 인한의 주도하에, 호랑이에 관한 모든 관리가 이루어지고 있었다. 호랑이에 대한 치료조차 암암리 인한에 의해 이뤄지고 있었다. 인한은 맹수사에서 무소불위 권력을 휘두르며 수의사 혜나의 개입을 철저히 막았다. 더군다나 맹수사만은 호랑이들이 건강했다. 혜나가 맹수사에 올라가기 위한 명분도 희미했다. 하지만 그러던 중, 혜나가 맹수사에 올라갈 수 있게 된 계기가 있었다. 바로 맹수사에 고양이 감염병이 한바탕 휩쓸고 지나간 일이었다. 그때 맹수사에 있던 수많은 호랑이가 고양이 감염병 증세를 보이며 몇몇 호랑이는 죽을 고비에 처하기도 했다. 아무래도 맹수사에서 손이 부족했는지 혜나에게 도움을 청했다. 혜나는 맹수사에 올라가서 사육사들과 함께 밤낮없이 호랑이 치료를 위해 노력했다. 새끼 한 마리를 잃긴 했지만, 결국 호랑이를 치료하는 데 성공했다. 그래서 혜나는 이 일을 계기로 맹수사에 입지를 가질 수 있을 거로 생각했다. 하지만 그것 또한 오산이었다. 물론 혜나가 맹수사에 처음보다 자주 올라갈 수 있게 된 건 맞았다. 하지만 거기까지였다. 올라가서 혜나가 치료에 관해 할 수 있는 건 없었다. 이미 인한이 자의적으로 치료를 끝낸 상황에서 혜나는 형식적으로 불려 온 것이었다. 혜나에게 인한은 악마처럼 느껴졌다. 어릴 때부터 주변 사람들로부터 칭송을 들으며 수재로 이름을 날리던 혜나는 의대에 갈 수 있는 실력임에도 불구하고 동물을 좋아한다는 이유로 서울대 수의대를 택했다. 대학에서도 항상 수석을 놓치지 않았고, 대학 시절 발표한 〈생태계의 순환〉이라는 논문은 인간이 자연과의 공존 속에서 나아가야 할 방향을 제시해 주며 평단으로부터 찬사를 받고 SCI에 게재되기도 했다. 그렇게 살아온 혜나는 자신이 하고자 한 일은 언제나 이룰 수 있었다. 이처럼 탄탄대로 인생을 보내며 강남에서 동물병원을 할 때도 모든 사람이 자신에게 "원장님, 원장님"하며 깍듯했다. 하지만 이 모든 것이 원주 동물원에 오면서 틀어지기 시작했다. 우리나라에서 가장 큰 동물원이라는 원주 동물원에 큰 포부를 안고 부임했지만, 모든 것이 예상과 달랐다. 특히 맹수사 인한은 혜나의 자존심에 상처를 냈다. 수의학 경계를 넘어서는 인한의 자의적 치료는 흠결이 없었다. 오히려 인한의 치료는 수의학 이상 효과를 보이고 있었다. 그렇다고 혜나는 자기 기준에서 비전문가인 인한에게 가르쳐 달라고 하기에는 자존심이 허락하지 않았다. 지난 수년간의 수의학도 시절이 부정당하는 것 같았기 때문이었다. 하지만 이제 인한은 없다. 혜나는 이제 마음 편하게 맹수사에 올라갈 수 있을 것이다. 그리고 마음껏 자신이 서울대 시절 배운 대로 호랑이 진료를 볼 수 있을 것이다. 혜나는 마음속 응어리가 풀리는 기분이었다.

**

시유는 초조했다. 시유는 손톱을 어찌나 물어뜯었는지 손톱이 남아나질 않아 보였다. 시유는 벌써 스마트폰으로 사건 당시 CCTV 영상 보기를 수백 번째인 것 같았다. 밤새 CCTV 영상을 보느라 잠도 제대로 자지 못했다. 영상을 얼마나 봤던지 외워버릴 것만 같았다. 영상 마지막, 시유가 일을 마치고 장비를 챙긴 뒤 맹수사를 떠나고 얼마 후 인한이 와서 호랑이에게 물려 쓰러지는 장면을 수백 번 보았다. 시유는 그 장면을 보면서 잔인하다는 생각이 들었지만, 왠지 계속 보고 싶었다. 자신의 내재해 있는 폭력성이 깨어난 게 아닌가도 싶었다. 하지만 그보다 시유에게 중요한 건 경찰에 도움이 되고 싶다는 것이었다. 경찰은 CCTV 영상을 자신에게 주면서 도움을 요청했다. 경찰은 시유가 공시생 시절 도전했던 직업이었다. 한때 경찰은 시유의 꿈이었다. 하지만 시유는 공무원 시험이라는 관문을 넘어서지 못했다. 그랬던 과거가 있었는데, 지금 경찰이 시유에게 도움을 요청하고 있는 것이었다. 시유는 자신이 단서를 발견해 범인을 잡는 데 역할을 한다면 과거 이루지 못한 경찰의 꿈을 이룬 것 같은 느낌이 들 것만 같았다. 하지만 시유는 아무리 CCTV 영상을 보고 생각해 봐도 사건에 대한 기억이 떠오르지 않았다. 마치 당시 맹수사에서 벌어진 일이 필름이 끊긴 것만 같았다. 시유는 혹여나 자신이 출입문 용접에 실수를 한 게 아닐까, 하는 걱정이 들었다. 아무래도 인한이 사고를 당하기 전 마지막으로 맹수사에 머문 것은 시유 자신이었고, 인한과 호랑이 사이를 가로막고 있었던 출입문 용접을 한 게 바로 자신이었기 때문이었다. 이대로면 시유는 자신이 경찰에 단서를 제공하기는커녕 범인으로 의심받지 않을까 하는 생각에까지 이르렀다. 시유는 도움이 필요했다. 이럴 때 시유는 한 사람이 떠올랐다. 언제나 밝은 미소로 자신을 반겨주는 그 여자가.

시유는 스마트폰에서 주소록을 켰고, 이름을 찾았다. 시유는 그 이름을 보았다. 괜히 설렜다. 시유는 그 이름을 앞에 두고 전화 걸기 단추를 누를지 말지 갈팡질팡했다. 시유의 손가락이 그 이름 앞에서 정처 없이 헤맸다. 그때, 스마트폰이 갑자기 울렸다. 누군가가 시유에게 전화를 건 것이었다. 시유는 깜짝 놀라 하마터면 스마트폰을 떨어뜨릴 뻔했다. 시유는 조심스레 스마트폰을 확인했다. 스마트폰 화면에는 '나매구'라는 이름이 반짝이고 있었다. 시유는 설렜다.

***

세리는 사건 현장에 와 있었다. 적막함만이 가득했다. 호랑이의 포효 소리도 들리지 않았다. 세리는 어디서부터 잘못된 것인지 곱씹었다.

전에 있던 직장에서도 사람이 죽었다. 그것도 살인 사건이었다. 지금 이곳에서도 사람이 죽었다. 호랑이가 행한 것이긴 하지만 이 역시 사람에 의한 살인 사건이었다. 전에 있던 직장에서는 사람복지를 위해 일했었다. 그리고 지금 이곳에서는 동물복지를 위해 일하고 있다. 하지만 모두 실패했다. 전 직장에서는 노동자를 위해 일했다. 산업재해로 사망했지만, 보상을 받지 못한 김태성 대리의 복수를 위해, 노동자를 위해 일했다. 하지만 힘없는 노동자라고 착한 사람은 아니었다. 그들은 인간에 대해 회의를 느끼게 했다. 세리는 노동자들을 위해 일하는 것을 포기했다. 복수를 포기했다. 그리고 이번엔 동물에게로 왔다. 말 못 하는 짐승을 위해 일한다면 뭔가 다를 것만 같았다. 동물원에 온 세리는 동물을 위해 몇 가지 변화를 줬다. 죄가 없음에도 쇠창살로 가득한 감옥 같은 곳에서 사는 동물이 불쌍했다. 그래서 쇠창살을 없애고 변화를 줬다. 하지만 이 변화가 정녕 누구를 위한 변화인지도 이제는 의문이었다. 이 변화 탓에 사람이 죽었다. 세리는 자신이 사람을 죽인 것이 아닐까, 하는 생각이 들었다.

  그런 생각에 이르렀을 때, 세리는 주변을 한번 둘러보고는 비어 있는 방사장 안으로 천천히 걸어 들어갔다. 현재 사용하지 않는 방사장이라 그런지 열려 있었다. 그리고 이 방사장은 아직 공사가 시작되지 않아 쇠창살로 이루어져 있었다. 세리는 방사장 안에서 바깥을 바라보았다. 바깥에는 자신이 변화를 준, 쇠창살을 없애고 바꾼 대형 유리창이 있었다. 그 유리창에 자신이 비춰 보였다. 그 유리창에는 쇠창살 안에 갇힌 자기 모습이 보였다. 세리는 자신이 정말로 있어야 할 곳이 자신이 없애려 했던, 쇠창살로 이루어진 감옥이 아닐까, 하는 생각이 들었다.

13장

추리

매구는 마냥 울고 있지 않았다. 지윤에게 대략적인 맹수사 상황에 관해 이야기를 들었지만 이해되지 않는 부분들이 있었다. 수년간 호랑이 덕질 속에서 맹수사 일은 매구의 일이나 다름없었다. 매구는 고등학생 때, 학교에서 따돌림당하고 성폭행을 당했었다. 그래서 자살 기도를 했었다. 정신과 약도 먹었었다. 하지만 그랬던 매구는 호랑이를 만나면서 마음의 안정을 되찾기 시작했다. 처음엔 호랑이 영상을 접하면서 호랑이의 귀여움에 마음속 응어리가 녹기 시작했고, 그런 호랑이를 보러 원주 동물원까지 왔었다. 거기서 호랑이는 아무것도 없고 비참한 자신을 향해 프루스텐을 날리며 친근하게 대해주었다. 매구는 그런 경험을 하며 동물이 주는 행복과 평안을 느꼈다. 매구는 그렇게 호랑이 너튜브도 시작했고, 새로운 삶을 시작할 수 있었다. 그래서 매구는 돌아가신 자인한 팀장님을 위해서라도, 호랑이를 사랑하는 호랑이 덕후로서 이 사건의 진실을 알아야만 했다. 만약 이대로라면 인한의 죽음은 베일에 싸일 것이고, 호랑이 최고는 최악의 경우 안락사를 당할 것이었다. 안락사를 피한다 해도 사람을 좋아하는 최고는 인간과 영원히 격리된 채 살아가야 할지도 모른다. 매구는 돌아가신 자인한 팀장님 또한 최고가 그렇게 되기를 바라지 않았을 거라고 생각했다. 그래서 매구는 아이폰을 꺼내 시유에게 전화를 걸었다. 자신을 일반인 출입 금지 구역으로 들어올 수 있게 해준 시유에게. 전화를 거는 매구의 손목에서 새살이 돋은 듯한 흔적이 눈에 띄었다.

***

수영은 홀로 사건 현장에 또다시 와 있었다. 사실 며칠 전, 사건 관계자들 조사를 마치고 수석과 함께 사건 현장에 왔었다. 하지만 당시 가설과는 다르게 소방사장 출입문 말발굽에는 호랑이가 건드린 흔적은 없었다. 그리고 소방사장 출입문에 낚싯줄을 사용한 흔적도 찾을 수 없었다. 적어도 소방사장 출입문이 호랑이에 의해서 우연히 닫혔다거나, 출입문을 낚싯줄로 고정했다가 사고 이후 호랑이가 소방사장에 들어간 후, 낚싯줄을 끊어서 닫히게 한 건 아니라는 뜻이었다. 이 가설을 소거했다는 것에 의의가 있긴 했지만, 사건은 다시금 미궁에 빠지고 말았다. 엎친 데 덮친 격으로, 수석은 여름휴가를 떠났다. 이제 수영은 혼자 수사를 해야 했다. 수영은 사건이 일어났는데도 맘 편히 휴가를 가는 수석을 보며 엠제트는 역시 다르다고 생각했다. 그러면서 수영은 자신의 완벽한 사건 해결 기술을 온전히 전수받지 못하게 되는 수석이 안타까웠다.

수영은 그렇게 무거운 마음으로 한 번 더 현장에 왔다. 지금 여기서 단서를 또다시 찾을 수 없다면 사건은 점점 더 미궁에 빠질 수밖에 없을 것이었다. 수영은 전날 박제사를 만나봤던 일을 생각하며 이 사건의 실마리를 풀기 위해 머리를 감싸 쥐었다.

***

어제, 수영은 박제사 안두나와 겨우 만날 수 있었다. 며칠 전, 혜나에게서 박제사에 관한 이야기를 듣고는 수영은 박제사 안두나에게 곧바로 연락을 취했다. 하지만 안두나는 원주에 없었다. 두나는 서울에 있는 전시회에 와 있다고 했다. 수영은 두나를 바로 만나고 싶었지만 두나가 사건에 관한 직접 관계자가 아니었기 때문에 수영 마음대로 오라 가라 할 수도 없는 상황이었다. 더욱이 전화로 들은 쾌활하면서도 앙칼진 두나의 목소리는 그녀가 상대하기 쉽지 않은 인물임이 틀림없을 거라는 냄새를 풍겨왔다. 여기서 수영이 두나의 기분을 맞춰주지 못한다면 어쩌면 사건의 키포인트가 될 수도 있는 두나의 증언을 쉽사리 얻지 못할 수도 있었다. 그래서 심리 끝에, 두나가 편한 시간이라는 어제, 두나의 작업실에서 두나를 만날 수 있었다.

두나의 작업실은 원주 동물원 중심 도로에 있는 원주 자연사 박물관 지하에 있었다. 넓은 지하 공간 모두 작업실이었는데, 널찍널찍한 흰색 조의 작업실은 호화스러움이라는 말이 어울렸다. 수영은 작업실 냄새인지, 지하실 냄새인지 모를 야릇한 냄새가 나는 작업실 입구를 지나, 아직 작업이 완료되지 않아 작업 도구들과 함께 널브러져 있는 미완성 박제품들이 있는 곳에 다다랐다. 미완성 박제품들은 소쩍새나 괭이부리갈매기, 수달과 같은 동물이었다. 마치 박제 동물이 살아 숨 쉬는 듯한 느낌이었다. 수영은 이 박제 동물들을 보며 안두나라는 박제사가 상당히 실력 있는 박제사라고 생각했다. 그런 생각할 즈음, 수영은 어느새 두나가 있는 사무공간으로 들어갔다. 사무공간 역시 널찍하고 호화스러웠다. 그곳에 두나가 있었다. 두나는 작업복인 듯한 멜빵 청바지 차림에 캡 모자를 쓰고 있었다. 그 캡 모자 사이로 뒤로 질끈 묶은 머리가 비죽 나와 있었다. 머리카락은 염색한 듯 파란색, 빨간색, 초록색이 뒤엉켜 있었다. 누가 봐도 평범한 느낌은 아닌, 예술가의 향기가 느껴졌다.

"어서 오세요~ 형사님~"

두나는 푹신한 쇼파에 다리를 꼬고 거의 눕듯이 앉은 채, 수영을 맞이했다. 세상살이에 어떤 풍파도 겪어보지 않은, 아니 어떤 풍파도 다 겪어 두려울 게 없는, 자신감이 가득 찬 얼굴이었다.

"드디어 뵙네요, 안두나 작가님."

수영은 가볍게 묵례를 했다. 두나는 박제사였지만 작가라고 불리길 원했다. 수영은 지난 두나와 통화에서 두나가 박제사의 예술가적 기질에 관해 어찌나 열변을 토했는지 귀가 닳도록 들었었다. 두나는 자신의 직업에 대해 엄청난 프라이드를 가지고 있는 사람이었다.

"박제가 얼마나 아름다운지에 관한 인터뷰라면 성심성의껏 응했겠지만, 그게 아니니 얼른 하고 가시죠. 형사님? 저는 정말 바쁜 몸이거든요."

두나는 고개를 까딱하며 말했다.

"네, 작가님. 바쁘신 와중, 인터뷰에 응해주셔서 다시 한번 감사드립니다."

수영은 다시 한번 묵례를 했다. '인터뷰'보다 '조사'라는 단어가 맞는 말이었지만 수영은 완곡한 표현을 쓰는 게 나을 거라 생각했다. 그리고 엠제트 세대들은 정말 이상하다고 생각하며 말을 이었다. "아무래도 사건이 사건이다 보니 사망한 자인한 씨와 관련된 모든 자료를 찾다가 연락드리게 되었습니다."

"네, 맹수사 팀장님이 돌아가셨다고 하더라고요. 저도 들어서 이번 사건에 대해 대충 알고 있어요. 그래서 저한테 어떤 점이 궁금하신 거죠?"

두나는 말했다. 두나의 높은 목소리가 날카롭게 느껴졌다.

"네, 작가님. 자인한 씨를 조사하던 중에, 작가님이 자인한 씨와 호랑이 박제 문제를 두고 갈등이 있었다는 소문이 있더라고요."

수영의 말에 두나는 잠시 꿀 먹은 벙어리처럼 멍하게 있었다. 그리곤 잠시 뒤, 두나는 사무실이 떠나갈 듯한 웃음소리를 냈다.

"아하하하하하하하~ 아하하하하하하~"

두나는 배를 움켜잡고 온몸을 비틀며 웃어댔다. 어찌나 웃겼으면 두나는 눈물을 흘리며 한참 동안을 웃어댔다. 수영은 그런 두나가 진정할 때까지 잠자코 기다렸다. 그렇게 얼마나 시간이 흘렀을까. 두나는 조금씩 진정이 되는 듯했다.

"하아~ 하아~ 누가. 그래요? 하아~ 하아~"

두나는 웃음을 참고 숨을 고르며 수영에게 물었다.

"어…. 익명의 제보라 누군지는 말씀 못 드리겠습니다만,

그런 소문이 있었습니다. 저희 경찰로서는 사소한 것 하나라도 확인해야 하는 직업이라…."

수영은 혜나가 생각났지만 서둘러 둘러대며 말했다.

"뭐…. 그러시겠죠…. 하아~ 하아~"

두나는 눈물을 닦으며 말했다. 여전히 웃음을 머금고 있었다. 수영은 그런 두나를 보며 잠자코 있었다. 그러니 두나가 말을 이었다.

"팀장님이 확실히 대단한 분이시긴 했네요."

두나는 천정을 슬쩍 보며 말했다. 마치 하늘로 떠난 인한을 바라보는 것 같았다. 하지만 그것보다 수영은 갑자기 왜 인한이 대단하다는 말이 나오는지 궁금했다. 그렇게 생각하고 있었는데, 두나가 수영 쪽으로 몸을 가까이 움직였다.

"저…. 형사님, 팀장님도 돌아가신 마당에 제가 비밀 하나 말해드릴까요?"

두나는 수영에게 속삭이듯 말했다. 수영은 그런 두나를 흘끗 보고는 천천히 고개를 끄덕였다.

"제가 호랑이 박제를 할 수 있었던 건, 바로 그 팀장님 덕분이에요."

두나는 그렇게 말하고는 킬킬거리며 다시 웃었다. 수영은 무슨 말인지 이해가 되지 않았다. 인한과 박제 문제로 갈등이 있었는데, 왜 그런 인한 덕분에 박제할 수 있다고 말하는 것인가. 수영은 이해가 되지 않는다는 표정이었다. 두나는 그런 수영의 표정을 보고는 더 킬킬거리며 웃더니 말을 이었다.

"제가 호랑이 박제를 두 번 했었는데, 모두 팀장님 덕분에 하게 됐. 다. 고. 요."

두나는 장난스러운 말투로 또박또박 말했다.

"그게 무슨 말…? 자인한 씨가 박제를 반대했던 게 아닙니까."

수영은 뭔가 이상함을 감지했다. 두나는 계속 킬킬거렸다.

"무슨 말인지 모르시겠어요? 제가 자세히 알려드릴게요. 음…. 팀장님은 원래 제 편이었고, 팀장님은 제가 호랑이 박제를 할 수 있게 해주기 위해서 겉으로 갈등 있는 척한 것이었다고요. 지금, 우리나라에서 호랑이 박제하기가 어려워요. 호랑이 팬들이 워낙 많아졌고, 박제 인식이 좋지만은 않아서, 물론 박제의 예술성과 긍정적인 효과를 모르는 사람들이 문제지만. 처음 시작은 7년 전에 호랑이가 열사병으로 죽었을 때였죠. 당시 호랑이 엄마라고 불렸던 지금 여기 여자 사육사가 집회까지 열면서 박제를 반대했었어요. 자연사도 아닌 호랑이를 두 번 죽이는 거라나 뭐라나…. 평생 동물원에서만 살았으니 죽어서는 자연으로 돌려줘야 한다나 뭐라나…. 뭐, 하여튼 말도 안 되는 소리죠. 박제는 호랑이에게 새로운 생명을 불어넣어 주는 건데. 아무튼 그래서 그 집회 때문에 여론몰이가 돼서 박제할 수 없을 뻔했어요. 그런데 그때 팀장님이 뒤에서 몰래 도와줬어요. 결재를 때리고 밤에 몰래 얼려놓은 호랑이를 저한테 보내줬죠. 덕분에 박제할 수 있었어요. 그때부터 팀장님과의 인연이 시작되었죠."

두나는 여전히 즐거운지 피식대며 말했다.

"그리고 5년 전 생후 1년 된 호랑이가 죽었을 때도 박제하려고 했었어요. 그런데 여기 수의사가 갑자기 멋대로 소각처리를 해버려서 그때는 못 하게 되었죠. 뭐 감염병이라나 뭐라나 하는 이유로. 그때 죽은 호랑이가 암컷이고 생후 1년 된 호랑이라 진짜 예쁘게 박제할 수 있었는데…. 그때 되게 우울했죠. 팀장님은 어쩔 수 없었다고 위로해 줬어요. 다음에는 꼭 박제할 수 있게 해주겠다고. 대신 박제에 대한 부정적인 기조는 그대로 가져가자고 하더라고요. 저는 이해가 잘 안되긴 했는데, 팀장님이 그러라고 하니 그대로 따라봤죠. 팀장님이 하자는 대로 해서 굳이 나쁠 건 없었거든요. 팀장님은 동물원에 대해 모르는 것이 없는 동물원 짱이거든요. 그렇게 다시 오랜 기다림 끝에 작년에 존이라는 호랑이가 죽었어요. 그래서 어떻게 되나 보고 있었는데 그동안 팀장님이 열심히 공작했는지 박제에 대한 부정적인 기조가 팽배해서 제가 '을'이 돼 있더라고요? 하하하. 살면서 저는 단 한 번도 '을'인 적이 없었는데 말이죠. 그래서 '을'인 제가 불쌍해 보였는지 자연스레 박제할 수 있게 되었죠. 처음 이후로 오래 기다리긴 했지만 그래도 존이라는 멋진 호랑이를 박제할 수 있었어요. 다 팀장님 덕분이죠. 이제 아시겠어요? 형. 사. 님?"

두나는 말을 마치고는 다시 킬킬거렸다. 수영은 지금 상황이 불편했다. 경찰 수사 30년 경력이 놀림을 받는 것 같은 기분이었다.

"사실, 이번에 연희라는 호랑이가 죽었을 때도 박제할 수 있을 거로 생각했는데, 팀장님이 죽어버렸잖아요. 물 건너간 거죠. 뭐."

두나의 표정에서 아쉬움이 느껴졌다. 수영은 생각했다. 지금 이 사람은 사람이나 동물의 생명보다 박제라는 행위가 중요한, 박제에 미친 자였다.

"아마도 호랑이 박제 때문에 팀장님과 제가 갈등이 있다고 생각해서 저를 용의선상에 집어넣은 것 같은데, 그 반대라고요. 팀장님이 없으면 제가 호랑이 박제를 하는 데 제약이 있다고요. 이번에 연희도 박제시켜 준다고 했는데…. 죽어버렸으니…. 원…."

두나는 조소를 띠고 수영을 보았다. 마치 경찰의 속내를 다 알고 있다는 표정이었다.

"어때요? 더 물어볼 말 있나요?"

두나는 피식거리며 수영에게 물었다. 수영은 말없이 두 손바닥을 모은 채 생각에 잠겼다. 두나가 한 말이 거짓말일지도 모른다. 며칠 전, 두나 자신이 의심받는다는 것을 알고 그 며칠 동안 용의자에서 벗어날 궁리를 해 오늘에야 완성된 거짓말을 했을지도 모른다. 하지만 근거는 없었다. 단지 오래

된 형사의 직감이었다.

"더 할 말 없으시면 나가보세요."

생각에 잠긴 수영을 빤히 쳐다보던 두나는 그렇게 말하고는 일어나서 커피 머신으로 향했다. 이윽고 두나는 커피를 내리며 혼잣말하듯 말했다.

"그나저나 팀장님, 지능적인 사냥꾼 출신 아니랄까 봐. 박제를 반대하는 척, 제대로 속였네. 역시 능구렁이가 가득 찬 사람이라니까."

깊은 생각에 잠겨 있던 수영은 두나의 말에 깜짝 놀라며 자세를 고쳐 잡았다.

"네? 사냥꾼이요? 자인한 씨가 사냥꾼이었단 말입니까?"

수영은 두나 쪽을 향해 말했다. 두나는 어이없는 표정을 지었다.

"아니, 팀장님을 그렇게 조사했으면서 팀장님이 사냥꾼이었다는 것도 몰랐단 말이에요? 그것도 호랑이 사냥꾼이었는데?"

두나는 혀를 차면서 고개를 절레절레 저었다. 수영은 얼굴이 벌게졌다. 새파란 엠제트에게 무시당하는 것 같았다.

***

"오빠 보고 싶어서 연락드렸어요~ 저희 안 본 지 벌써 일주일이나 됐잖아요~"

매구는 앞에 앉아 있는 시유를 향해 말했다. 매구와 시유는 동물원 내 별별레 카페에 와 있었다. 어찌 된 게 매구가 웬일로 먼저 와서 아이스아메리카노를 주문해 놓고 기다리고 있었다. 캐러멜마키아토 같은 달콤한 커피를 좋아하는 시유였지만 비록 아메리카노라도 감동이 휘몰아쳤다. 시럽을 넣어서 마시면 상관없으니.

"연희가 호랑이별로 가고 처음 왔네요. 연희가 없는 맹수사는 처음이었어요. 오빠는 계속 출근하셨어요? 요즘 계속 비가 와서…."

매구의 오빠라는 단어에 시유는 심장이 멎는 기분이었다. 새삼 자신을 오빠라고 불러주는 사람은 매구밖에 없었다. 다른 사람들은 자신을 부르지도 않거니와 만약 부른다면 '저기요.'가 가장 익숙한 단어였다.

"아니…. 출근은 하긴 했는데…. 나도…. 비 오면…. 일을 못 하니…."

시유는 쭈뼛대면서 말했다.

"아, 정말요?"

매구는 기분 좋은 리액션을 해주면서 이것저것 시유에게 말을 걸며 스몰 토크를 했다. 시유는 짧은 대답밖에 못 했지만, 대화를 이끌어 주는 매구가 너무나 고마웠다. 그러던 중 매구는 점차 본론을 꺼냈다.

"그리고…. 오빠, 들었어요. 팀장님, 돌아가셨다고."

매구는 동그란 눈을 치켜뜨며 말했다. 시유는 흠칫했다.

"… 그러지 않아도…."

시유는 쭈뼛대면서 느릿느릿 말했다. 매구는 끈기 있게 시유가 말을 마치길 기다렸다.

"그것 때문에…. 너한테…. 연락하려고 했었어…."

시유는 테이블에 놓은 스마트폰을 주섬주섬 매만지며 말했다.

"어? 정말요?"

매구는 약간 놀라며 말했다.

"으… 응. 호랑이 전문가인… 너라면… 혹시… 알 수 있지… 않을까… 해서…."

시유는 느릿느릿 스마트폰을 조작하며 말했다.

"이…. 이건데…."

시유는 스마트폰을 매구에게 보여주었다. 푹신한 소파에 앉아 있던 매구는 고개를 빼꼼히 내밀어 시유의 스마트폰을 쳐다보았다. 딱딱한 의자에 앉아 있던 시유는 매구가 가까이 붙자 움찔거리며 살짝 뒤로 움직였다. 시유가 보여준 스마트폰에서는 한 영상이 재생되고 있었다. 매구가 보기에 거꾸로 보였다.

"오빠, 이쪽으로 와서 보여주세요."

푹신한 소파에 앉아 있던 매구는 자신의 옆자리를 톡톡 치며 말했다. 시유는 우물쭈물하다가 매구가 얼른 오라는 눈짓을 하자, 딱딱한 의자를 떠나 매구의 옆자리로 자리를 옮겼다. 자리는 푹신했고, 옆에 있는 매구에게서는 좋은 향기가 났다. 매구는 아랑곳하지 않고 시유 옆으로 딱 붙어 시유가 재생한 영상을 보았다. 영상 속에는 지난번에 가보았던 일반인 출입 금지 구역 소방사장 통로가 나오고 있었다. 아무래도 사건 당시 영상인 듯했다.

***

수영은 일반인 출입 금지 구역 소방사장 통로에 멈춰 있었다. 수영은 통로에 우뚝 서서 주위를 찬찬히 둘러보았다. 좌측에는 높은 담벼락을 가진 소방사장이 있었고, 그의 우측에는 더 높은 숲을 이룬 치악산이 있었다. 마치 일반인 출입 금지 구역 통로는 협곡과 같아 보였다. 이 통로에 비가 내려 물만 채워진다면 피오르 같은 느낌일 것이었다. 수영은 갑자기 한 명제가 떠올랐다. "나무를 보지 말고, 숲을 보라." 그리고. "사냥꾼⋯."

수영은 두나가 말한 인한의 과거 모습을 되뇌었다. 인한에 대한 조사가 끝난 줄만 알았던 수영은 여전히 인한에 대해 제대로 아는 것이 없었던 것이었다. 호랑이 전문가로서 사육사가 삶의 전부인 것처럼 보였던 인한은 원래 산속을 활보하는 사냥꾼이었다. 여기 옆에 보이는 치악산 숲속을 활보했을

지도 모른다. 수영은 사건 현장인 여기는 자신이 있어야 할 곳이 아니라는 걸 깨달았다. 여기는 숲이 아니었다. 숲속 하나의 나무일 뿐이었다. 숲은 인한이 활동한 모든 공간이었다. 수영은 '호랑이 살인 사건'이라는 이 숲의 초입, 인한의 집에 가기로 했다.

***

매구는 시유의 스마트폰에서 재생되는 CCTV 영상을 집중해서 보고 있었다. 시유는 그런 매구를 넋 놓고 바라보았다. 항상 철없다 싶을 정도의 매구 모습만 보다가 이렇게 집중하는 모습을 보니 매구가 더욱 매력적으로 느껴졌다.
　시유는 그렇게 집중하는 매구의 모습을 멍하니 바라보고 있었는데, 갑자기 매구가 소리를 지르는 바람에 정신이 번쩍 들었다.
　"아앗!"
　매구는 두 손으로 입을 막으며 소리를 냈다. 깜짝 놀란 듯했다. 시유는 그런 매구를 한번 바라보고는 이어서 영상이 나오고 있는 자신의 스마트폰을 쳐다보았다. 영상 속에는 호랑이가 인한의 목을 무는 장면이 재생되고 있었다. 시유는 사람이 죽는 잔인한 장면에 매구가 놀란 것이라 생각했다. 역시 매구는 여리고 순수하고 착한 여자였다.

***

  수영은 인한의 집인 원주에 있는 한 아파트로 향하면서 생각을 정리했다. 조금 전, 군대 시절 동기였던 인천 경찰서 피테리 경감으로부터 연락이 왔었다. 테리 경감은 2년 전, 이세리가 용의자였던 살인 사건*을 맡은 적이 있었다. 당시 상황이 이세리가 범인이라는 정황이 있어 테리는 이세리를 범인으로 몰았었다. 하지만 결국 이세리는 범인이 아니었다. 그 후, 테리는 자신의 형사 감각에 대해 반성했고, 테리는 이세리가 범행을 저지를 만한 인물이 아니라고 했다. 그래서 수영은 이세리가 의심 가는 부분이 있긴 하지만, 과감하게 용의선상에서 배제했다. 동시에 2년 전 살인 사건 당시 같이 일했던 박시유도 배제했다. 만에 하나, 이세리와 박시유가 공범이거나 범인이라면 수영은 엄청난 실수를 하는 것이었다. 하지만 지금 누가 뚜렷하게 호랑이 살인 사건에 관여했는지 알 수 없는 상황에서 용의자를 하나씩 소거하지 못한다면 수사는 제자리걸음일 것이었다.

  그리고 앞선 현장 검증에서 사고일 가능성도 배제했다. 그렇기에 용의자는 사건 당일 CCTV에 모습이 찍혔던 서혜나, 박공돌, 정지윤으로 좁혀졌다. 안두나도 의심이 가긴 하지만

---

* 책《노량진 학원 살인사건》참고.

사건 당일 맹수사에 가지 않았다. 그래서 일단 안두나도 배제했다. 조사에서 서혜나, 박공돌, 정지윤 모두 인한을 긍정적으로 말했지만, 어쩌면 다른 살해 동기를 숨기고 있을지도 몰랐다. 그 동기가 인한의 사냥꾼 시절과 사육사 삶이 녹아 있는 인한의 집에 있을지도 몰랐다.

수영은 어느덧 인한의 집 아파트 출입문 앞에 섰다. 아파트 출입문 형태가 사고 현장 출입문 형태와 거의 똑같아서, 마치 사건 현장 속 소방사장 출입문 앞에 서 있는 기분이었다. 수영은 미리 확인해 둔 비밀번호를 누르고 인한의 집 아파트 출입문을 열었다. 마치 소방사장 출입문을 여는 것 같은 느낌이었다. 더욱이 그런 느낌이 들었던 이유가 바로 그의 눈앞에 펼쳐졌다. 인한의 집 거실에는 호랑이가 있었다.

***

매구는 심장이 두근두근 떨려왔다. 매구는 작은 두 손을 가슴에 모으고 쿵쾅대는 심장을 진정시키려 하는 듯했다.

"저…. 괜찮아?"

시유는 영상이 재생되고 있던 스마트폰을 치우면서 조심스럽게 매구에게 말했다. 그 짧은 순간 핼쑥해져 버린 매구는 멍하니 앉아 식은땀을 흘리고 있었다.

"고, 고마워요, 오빠…."

매구는 시유를 향해 미소를 지으며 말했지만 아파 보이는 미소였다. 시유가 보기에 지금 매구는 평소 철없는 매구답지 않게 불안해 보였다.

"오빠…. 저…. 지금 바로 소방사장으로 가볼 수 있을까요?"

매구는 무거운 몸을 이끌 듯 천천히 자리에서 일어나며 말했다. 시유는 그런 매구를 바라보았다. 매구는 식은땀으로 머리카락이 젖어 있었는데 그 모습도 예뻐 보였다.

"그… 그래…."

시유는 매구가 너무 연약하고 여리다고 생각했다. 이런 약골인 여자랑 결혼하면 피곤할 것 같기도 했다.

14장

교차

수영은 거실에서 그를 맞이하고 있는 호랑이를 마주하며 천천히 인한의 집 안으로 들어갔다. 인한의 집은 원주의 대장 아파트 꼭대기에 있는 펜트하우스였다. 인한이 사육사 일을 하면서 어떻게 이런 고급 주거 공간에 살 수 있는 부를 축적했는지 알 길이 없었지만, 인한이 사냥꾼이었을 때 부를 축적했다고 하면 설명이 되었다. 불법적인 밀렵이라면 가능했다. 더군다나 멸종 위기종 호랑이 가죽은 암시장에서 수천만 원을 호가했다. 지금 수영의 눈앞에는 그 수천만 원을 호가하는 호랑이 가죽이 거실에 널브러진 채 그를 맞이하고 있었다. 수영은 집 안으로 들어서며 그 호랑이 가죽을 찬찬히 살폈다.

차분하게 눈을 감고 있는 아름답게 생긴 호랑이였다. 생전에 얼마나 멋지고 아름다운 호랑이였을지 감히 상상할 수 있었다. 수영은 이 아름다운 호랑이 가죽 감상에 잠길 무렵, 문득 어제 맡았던 냄새와 비슷한, 아니 똑같다고 봐야 할 냄새가 나는 것 같았다. 수영은 호랑이 가죽에 시선을 빼앗겨 제대로 둘러보지 못한 인한의 집 거실을 그제야 둘러보았다. 거실 벽에는 여러 동물의 박제가 전시돼 있었다. 순록, 사슴, 노루, 사불상 등 사슴과에 속하는 동물의 상반신만이 박제된 채, 거실 벽에 걸려 있었다. 특히 이 사슴과 동물들은 아름다운, 형언할 수 없는, 신이 만든 최고의 조각품인 뿔이 인상적이었다. 수영은 사냥꾼 인한이 밀렵하면서 얼마나 많은 녹용을 팔아 치우고, 호랑이 가죽을 팔았을지 상상해 보았다. 그러면서 자연스레 박제사 안두나가 그의 머릿속에 떠올랐다.

***

매구는 시유와 함께 일반인 출입 금지 구역인 소방사장으로 갔다. 아직 공사가 완료되지 않아 시유는 자연스럽게 출입할 수 있었다. 맹수사로 올라가는 동안 매구는 생각에 잠긴 듯했다. 시유는 그런 매구를 묵묵히 따랐다. 아니, 그냥 딱히 할 말이 없던 것일 수도 있었다.

소방사장에 도착한 매구는 협곡처럼 느껴지는 통로에서

좌우를 두리번거리며 살피더니 이내 곧 호랑이 최고가 있는 방사장으로 향했다.

호랑이 최고는 요즘 자신이 격리되고 있다는 걸 아는지 모르는지 매구가 오자 프루스텐을 날렸다. 매구는 최고의 인사를 가볍게 받아주고는 눈도 깜빡이지 않고 최고를 빤히 바라보았다. 최고도 이 여자가 갑자기 왜 이런다느냐 하는 눈빛으로 갸우뚱하는 것 같았다.

그렇게 최고를 빤히 보던 매구는 최고에게서 눈을 떼고는 한숨을 크게 푹 쉬었다.

***

수영은 인한의 집 거실에 훈장처럼 전시된 장식장이 눈에 들어왔다. 장식장 한가운데에는 인한이 사냥꾼 시절, 사용했던 듯한 소총 몇 개가 걸려 있었다. 수영은 가까이 가서 그 소총을 살폈다. 군 복무를 오랫동안 해서 나름 소총에 대한 일가견이 있던 수영은 마치 골동품을 보는 것처럼 신기한 눈으로 소총을 살폈다. 소총에는 거친 사냥터에서 구른 듯 세월의 흐름이 느껴지는 상처가 여기저기 가득했다. 그렇게 조사와 감상의 마음으로 소총을 살피던 수영은 소총에서 눈을 떼고 주변 장식장을 둘러보았다. 주변 장식장에는 인한이 사냥꾼 시절 찍은 사진들로 가득했다. 눈밭에서 쓰러진 호랑이를 두고 환하게 웃는 사진, 순록의 거대하고 아름다운 뿔을 잡아 들고 찍은 사진, 호랑이보다 더 커다란 곰을 잡고 찍은 사진 등 인한의 사냥꾼 시절 사진들이 액자로 장식돼 있었다. 특히 호랑이를 잡고 찍은 사진이 많았다. 수영은 의심이 확신으로 굳어졌다. 인한이 사냥꾼 시절, 멸종 위기종을 잡는 밀렵꾼이었다는 확신이 섰다. 수영은 이 장식장을 보면서 인한이 얼마나 자신이 사냥꾼이라는 것에 자부심이 있었는지 느낄 수 있었다. 그렇게 장식장에 전시된 액자를 하나씩 보던 중, 수영의 눈에 유독 위화감이 드는 사진이 보였다. 그 사진은 겨울에 거대한 호랑이를 잡은 사진 옆에 있었는데, 다른 사진들에 비해 그나마 오래되지 않은 사진처럼 보였다. 그 사진은 바로 새끼 호랑이를 안고 찍은 사진이었다. 이전 사진들에서는 인한의 강인하고 여유로운 사냥꾼 모습이 보였다면 이 사진에서는 반려동물을 키우는, 사랑이 가득한 애견인, 아니 호랑이니까 애호인처럼 느껴졌다. 수영은 그 사진액자의 뒷면을 열어 사진을 꺼내 보았다. 보통 사진 한구석에 날짜가 찍혀 있으리라. 역시 짐작이 맞았다. 수영은 날짜를 확인했다. 날짜는 지금으로부터 딱 20년 전이었다.

***

매구는 시유를 먼저 보냈다. 시유는 매구와 헤어지는 걸

아쉬워하는 것 같았지만, 매구는 아랑곳하지 않고 시유를 보냈다. 시유가 동물원 코끼리 열차를 타고 멀어지는 것을 확인하자, 매구는 세리에게 전화를 걸어 통화하기 시작했다. 세리는 매구의 남자 친구의 친누나였다. 매구도 세리와 비슷한 나이의 친언니가 있어서 세리가 처음부터 편하게 와닿았다. 더욱이 매구가 느끼기에 성품이 곧고 올바른 세리는 매구와 잘 맞았다. 매구는 그런 세리를 좋아했다.
"응. 내가 한번 알아볼게요."
수화기 너머로 세리 목소리가 들렸다.
"정말 고마워요. 언니."
매구의 목소리가 떨려왔다.
"아니에요. 그러지 않아도 저도 궁금한 부분이었어요. 확인해 보고 연락해 줄게요."
그렇게 매구는 세리와의 통화를 종료했다. 매구는 다시 한번 크게 한숨을 쉬었다.

***

수영은 고개를 돌려 거실에 엎어져 있는 호랑이 가죽을 바라보았다. 곱게 눈을 감고 있는 호랑이가 편안해 보이면서도 측은해 보였다. "호랑이는 죽어서 가죽을 남기고, 사람은 죽어서 이름을 남긴다."라는 말이 너무나 딱 맞는 상황이었다.

이 호랑이는 가죽을 남겼고, 인한은 사냥꾼으로서 이름을 남겼다. 수영은 호랑이 가죽 쪽으로 향했다. 그러고는 쪼그려 앉아 호랑이 가죽을 살폈다. 수영은 호랑이 털을 쓰다듬어 보았다. 생각보다 거칠었지만 누군가가 계속 관리를 해준 듯 털에서는 윤기가 흘렀다. 그렇게 호랑이 가죽을 쓰다듬던 수영은 손에 걸리는 털 하나를 잡아 올렸다. 그 털은 길었다. 그리고 파란색이었다.

***

생각에 잠긴 건지, 졸았던 건지 눈을 감고 있던 매구는 자기 스마트폰 벨소리에 화들짝 놀랐다. 마치 호랑이가 놀라는 것처럼 깜짝 놀랐다. 매구에게 발신자를 확인했다. 세리였다. 매구는 스마트폰을 받아서 들었다.
"아! 언니! 안녕하세요!"
매구는 전화를 받았다.
"응. 매구 씨, 내가 알아봤는데."
수화기 너머 세리는 심호흡하고 말을 이었다. 세리는 지금까지 수사 진행 과정에서 나온 사실들을 매구에게 알려줬다. CCTV에 찍혀 용의선상에 있는 수의사 서혜나, 사육사 박공돌, 정지윤, 용접공 박시유, 그리고 자신을 포함해서. 또 경찰인 수영과 수석에 대해 스몰 토크도 했고, 그뿐만 아니라 박제사 안두나에 관한 얘기도 했다. 매구는 조마조마한 기분으로 세리의 말을 들었다. 세리는 이제, 죽은 사육팀장 자인한 이야기로 넘어가고 있었다.

"그리고 20년 전 팀장님은 처음으로 사육사 일을 시작하셨대요. 당시 인사과장이셨던 분께 확인해 보니…. 팀장님 전직이 사냥꾼이었대요. 그것도 호랑이 잡는 사냥꾼. 러시아 연해주에서. 아마도 밀렵꾼이었나 봐요."

"아…."

매구는 의미심장한 소리를 냈다. 세리는 말을 이었다.

"팀장님은 당시 30살이어서, 러시아 사냥꾼들 사이에서 젊고 유능한 사냥꾼으로 유명했다고 하더라고요. 경력에 비해 호랑이를 잘 잡았다고…. 그리고 당시 원주 동물원은 확장 중이어서 맹수 전문가가 필요했는데, 마침 팀장님도 사냥꾼을 그만두기로 한 상태여서 동물원 측에서 팀장님을 맹수사 팀장으로 스카우트한 거래요."

"그랬군요…."

매구는 고개를 끄덕이며 말했다.

"당시 인사과장님은 거기까지만 알고 계시더라고요. 팀장님이 사냥꾼이던 시절에는 어땠는지 모른다고…."

세리의 말에 매구는 잠시 생각하는 듯하더니 이내 곧 말했다.

"그럼…. 러시아 연해주에 가서 한번 알아봐야겠네요. 언니, 정말 감사드려요."

"네? 러시아에 가본다고요?"

세리는 놀라며 말했다. 하지만 매구는 느꼈다. 사건을 푸는 열쇠는 인한이 사냥꾼으로 활동했던 러시아에 있을 거라고. 매구는 자신의 여권이 어디 있는지 생각했다.

***

수영은 호랑이 가죽에서 발견된 파란색 털을 보며 생각했다. 분명 파란색은 호랑이 털일 리가 없었다. 수영은 이 색을 어디서 봤나 곱씹었다. 그리곤 수영은 깨달았다. 이건 털이 아니었다. 머리카락이었다. 파란색으로 염색한 안두나의 머리카락이었다.

***

매구는 러시아 연해주의 주도 블라디보스토크로 향하는 비행 내내 사건과 관련된 정보를 스마트폰으로 검색하느라 바깥 풍경을 제대로 보지 못했다. 그리고 다른 나라로 향하는 흥취에 젖을 겨를도 없었다. 그러던 중 어느새, 눈 깜짝할 사이에 러시아 블라디보스토크 공항에 도착했다. 블라디보스토크는 역시 정말 가까운 유럽이라는 게 실감 났다. 매구는 비행기에서 내렸다. 습하고 무더운 날씨의 한국과 달리 서늘한 블라디보스토크 기후가 매구를 맞이해 주었다. 매구는 주위를 둘러보았다. 그중에서도 눈에 띄었던 건 매구를 반겨주는 듯한 호랑이 깃발과 문장이었다. 여기서도 호랑이를 간접적으로나마 볼 수 있다니 매구는 마음이 설렜다.

그리고 이색적인 유럽풍 건물들을 보니 매구는 여행하고 싶은 욕구가 솟구쳤다. 하지만 오늘 여기 온 목적은 그게 아니었기 때문에, 매구는 이 아름다운 거리를 뒤로하고 미리 연락한 한 사냥꾼을 만나러 갔다. 그는 인한이 사냥꾼 시절, 그에 대해 잘 알고 있다고 했다. 인한을 아는 사냥꾼을 찾는 건 그리 어렵지 않았다.

매구는 세리와 통화 후, 러시아 사냥꾼 모임에 연락해 보았다. 그러고는 20년 전부터 사냥꾼 활동을 했던 사람을 찾았고, 그들에게 인한에 관해 물었다. 그들은 대부분 인한에 대해 알고 있었다. 인한은 뛰어난 사냥 능력으로 당시 러시아 시호테알린 숲에서 전설처럼 내려오던 동물을 사냥하여 사냥꾼들 사이에서도 레전드로 추앙받는 유명 인사였다.

매구는 그중에서도 터리우스 박이라는 사람을 만나기로 했다. 그 사람은 러시아 교포 3세로 조부가 이곳, 연해주에서 독립운동했던 사람이라고 했다. 그는 한국어를 어느 정도 할 줄 알았기 때문에 매구는 그와 소통에도 불편함이 적을 거라 여겼다.

매구는 블라디보스토크 시내에서 택시를 잡았다. 러시아어로 적힌 그의 집 주소를 택시 기사에게 보여주었다. 택시 기사는 알았다는 듯 고개를 끄덕이고 차를 출발했다. 택시는 유럽풍의 건물을 지나 인적이 드문 길로 가기 시작했다. 그렇게 얼마나 달렸을까. 택시는 이어 비포장도로로 접어들고는 또다시 얼마간 달린 끝에 어느 산골짜기에 멈춰 섰다. 주변이라고는 산과 숲밖에 없는 그곳에 매구는 내렸다. 상쾌한 자연 속 공기가 코를 찔렀다. 매구는 주위를 둘러보았다. 러시아 연해주의 시호테알린산맥이 끝도 없이 펼쳐져 있었다. 여기가 바로 호랑이들의 고향이라고 할 수 있는 곳이었다. 어쩌면 우리나라의 고향이기도 했다. 연해주는 역사 속에서 부여, 고구려, 발해의 땅이었으니. 매구는 이런 감상에 젖을 뻔할 무렵, 이 광활한 자연과 어우러진 한 통나무집이 눈에 띄었다. 매구는 그 통나무집으로 조심스럽게 발걸음을 옮겼다.

통나무집 문 앞에 도착한 매구는 조심히 문을 두드렸다. '똑똑' 하는 소리가 고요한 자연의 정취 속에 울려 퍼졌다.

"계세요~?"

매구는 조용한 목소리로 말했다. 하지만 통나무집에서는 인기척이 들리지 않았다.

"Ты там?"

매구는 혹시나 해서 미리 외워둔 러시아어로 말했다. 그렇지만 여전히 통나무집은 고요했다. 매구는 잠시 고민하는 듯하다가 통나무로 만들어진 문을 잡아당겼다. 문이 스르르 열렸다. 매구는 통나무집 안을 조심히 살폈다. 나무 때문인지 습한 기운이 엄습했고, 어두컴컴했다. 얼마 전에 사람이 나간 흔적이 느껴졌다. 그때 매구는 자신이 서 있던 자리도 그늘이 지면서 어두컴컴해지는 것을 느꼈다. 매구는 천천히 뒤를 돌아보았다. 뒤를 돌아본 매구는 깜짝 놀라 주저앉고 말았다. 거기에는 사냥꾼 복장을 한 거구의 남성이 제 덩치만 한 거대한 순록을 어깨에 걸치고 서 있었다.

***

수영은 두나가 호랑이 가죽에 남긴 파란색 머리카락을 보면서 고민했다. 어제 두나를 만났을 때 기억과 조합을 하면서.
'안두나가 인한의 집에 온 적이 있었다.'
수영은 그때 문득 한 가지 생각이 떠올랐다. 수영은 호랑이 가죽을 다시금 샅샅이 살폈다. 그러면서 수영은 두나의 머리카락을 몇 개 더 발견했다. 길이가 서로 다른 파란색, 빨간색 머리카락이었다.
"설마…. 그런 거였나."
수영은 이번엔 안방으로 들어갔다. 안방에는 인한의 건장한 체격에 맞게 킹사이즈 침대가 놓여 있었다. 수영은 침대를 살폈다. 수영은 침대에서도 파란색, 빨간색 머리카락을 발견했다. 수영은 어제 두나가 했던 말이 떠올랐다. '인한과

인연….', '인한의 위로….', '인한 덕분에….', '능구렁이….'
 수영의 머리가 뒤엉키며 하나의 답이 도출되었다.
 '인한과 두나는 파트너 관계였다. 15살 차이가 나는 둘이 그런 관계가 아니고서는 인한이 맹목적으로 두나의 박제를 지원할 이유가 없다.'

***

작업실에 홀로 멍하게 있던 두나는 계속해서 스마트폰을 만지작거리고 있었다. 인한이 살아 있었던 며칠 전이었다면 두나의 스마트폰으로 그의 메시지가 계속해서 왔을 것이었다. 하지만 지금 두나의 스마트폰은 조용했다. 두나는 인한의 연락이 귀찮았던 적이 많았었다. 아무래도 15살 차이 나는 나이 많은 아저씨의 연락이 그다지 내키지 않았었다. 하지만 지금 막상 그의 연락이 없자 두나는 허전함이 느껴졌다. 물론 인한이 살아 있던 때, 그와의 관계가 나쁘지만은 않았다. 그는 나이 차이가 느껴지지 않을 정도로 건장하고, 체력도 좋았고, 두나의 이상형이었던 '덩치 큰 남자'와도 잘 맞았다. 하지만 그를 좋아하긴 했어도, 사랑할 수 없었다. 왜냐하면 인한은 두나가 가장 사랑하는 박제를 내키지 않아 했기 때문이었다. 인한은 행동으로는 두나가 박제를 할 수 있도록 지원했지만, 말로는 박제의 가치에 대해 폄하했다. 인한이 박제를 지원한 건, 단순히 두나의 아름다운 몸이 탐나서였을 뿐이었다.

인한의 말을 빌리자면 "박제는 인간의 전리품 이상, 그 이하도 아니다. 인간이 짐승과 한창 생태계 서열을 두고 다투던 시절, 인간이 동물을 정복했다는 자랑을 드러낸 행위일 뿐이지, 인간이 먹이사슬 서열 1위가 된 지금은 필요 없는 행위다. 또 요즘 인터넷에서 '박제됐다.'라는 표현은 망신을 주거나 낙인을 찍는 안 좋은 말로 쓰지 않느냐."라고 했다.

두나는 인한의 말에 상처를 입었다. 마치 발가벗겨진 기분이었다. 두나는 미술을 좋아했고, 동물을 좋아했다. 학창 시절 항상 혼자여서 외로웠던 두나는 동물만 보고 있으면 마음이 편해졌다. 그래서 좋아하는 미술과 동물을 함께 할 수 있는 박제사의 길을 택했다. 박제사가 되는 길은 쉽지 않았다. 박제사는 우리나라에 몇십 명밖에 없는 특수한 직업이었다. 두나는 수없이 시험에 낙방한 끝에 그 누구보다도 노력했다고 자부하면서 어렵사리 박제사가 되었다. 하지만 박제를 폄하하는 인한의 그런 말은 두나 자기 삶이 부정당하는 기분을 들게 했다. 그래서 이런 관계를 유지하느니 차라리 인한이 없어져 버렸으면 좋겠다는 생각도 했었다. 하지만 그게 정말 현실이 되어버리고 말았다. 막상 상황이 이렇게 되니 두나는 외로움이 느껴졌다. 과거 외톨이였던 시절 기분이 엄습했다. 스마트폰을 만지작거리면서 의자에 기대앉아 멍하게 있던 두나는 무슨 생각이 들었는지 바른 자세로 고치고는 작업실 컴퓨터 앞에 앉았다. 그러고는 동물원 직원 명단을 검색했다. 두나는 키보드로 '박공돌'이라고 쳤다. 컴퓨터 화면에 맹수사 박공돌의 연락처가 떴다. 두나는 맹수사에 오가며 본 박공돌에 대해 생각해 봤다. 그는 몸도 좋고, 단단한 것 같았다. 덩치도 나름 있었던 것 같았고. 그리고 무엇보다 나이 차이도 자신과 딱 맞는 것 같았다.

***

매구는 터리우스 박을 따라 통나무집으로 들어갔다. 매구는 집 내부가 사냥꾼 집답게 총도 있고, 동물 가죽도 있을 거로 생각했는데 의외로 그런 것은 보이지 않고 단출해 보였다. 그냥 사람 사는 집이었다. 매구는 터리우스 박의 안내에 따라 화롯가 응접실 자리에 앉았다. 터리우스 박은 말없이 어깨에 걸친 순록을 화롯가에 털썩 내려놓고 부엌인 듯한 곳으로 갔다. 그러고는 투박한 잔 두 개를 가지고 나와 매구를 대각선으로 볼 수 있는 응접실 테이블 앞에 앉았다. 그러고는 잔 하나를 매구에게 내밀었다. 잔에 투명한 게 채워져 있었는데 물인 듯했다.

"드시죠."

터리우스 박은 잔을 살짝 들어 올리며 말했다. 매구는 감사 인사를 하고 물을 마셨다.

"콜록콜록!"

매구는 순간 너무 독해서 기침했다. 컵 속에 담겨 있었던 건 물이 아니었다. 술이었다. 러시아에서 물처럼 마시는 술, 보드카였다. 터리우스 박은 술을 제대로 마시지 못하고 기침하는 매구를 귀엽다는 표정으로 보고는 자신은 원샷으로 술을 들이켰다.

"죄… 죄송합니다. 제가 이렇게 독한 술은 처음 마셔봐서."

매구는 협탁에 있는 휴지를 몇 개 빼 들고 입을 닦으면서 말했다.

"뭐, 한국의 따뜻한 온돌 위에서 귀하게 자란 아가씨 같은 분은 이런 독한 술 마실 일이 없겠죠. 저희는 추운 러시아 연해주 지방에서 겨울을 나기 위해 이런 독한 술을 마셔 몸을 따뜻하게 하지요."

터리우스 박은 자신의 잔에 술을 더 채워 넣으면서 말했다. 술이 잔에 떨어지는 '꼴꼴꼴' 하는 소리가 응접실을 따뜻하게 채웠다.

"그래도 주는 술을 거부하지는 않으시니 크게 되실 분이군요."

터리우스 박은 잔을 다시 들어 올리며 말했다. 매구는 자신의 잔을 보았다. 술이 반이나 남아 있었다. 남아 있는 술을 다 마셔야 한다는 부담감이 느껴졌다.

매구는 떨리는 두 손으로 잔을 잡고는 한동안 '어떻게 해야 하지.' 하며 술을 보고만 있었다. 옆에서 터리우스 박은 재밌다는 듯 미소를 짓고는 매구의 행동을 바라보았다. 매구는 마음을 먹은 듯 눈을 질끈 감았다. 그리곤 술을 한 모금 홀짝했다. 온몸에서 짜릿한 반응이 왔다.

"이…. 이런 느낌이네요…."

매구는 술을 겨우 목구멍으로 삼키며 말했다. 벌써 조금 취한 느낌이었다. 그런데 어찌 된 게 마실만 했다.

"처음치고는 잘 드시는군요."

터리우스 박은 잔을 조금 흔들더니 다시 술을 한 모금 홀짝 했다.

"인한도 처음부터 술을 잘 마셨죠. 처음부터 사냥도 잘했고요."

그렇게 터리우스 박은 인한에 관해 얘기를 시작했다. 매구는 알딸딸한 채, 터리우스의 박의 얘기를 들었다.

***

수영은 원주 동물원에 다시 왔다. 수영은 이번에는 곧장 맹수사로 향하지 않았다. 수영이 향한 곳은 수의사 혜나가 근무하는 동물 병원이었다. 그리고 수영은 혜나가 근무하지 않는 새벽 시간을 골랐다. 동물원에서 가방끈이 긴 세리의 협조를 얻었다. 수영은 몰래 출입을 승인해 준 세리 덕분에 혜나가 없는 동물 병원으로 들어갈 수 있었다.

외진 곳에 있는 동물 병원은 시설도 상당히 낙후돼 보였다. 도심 동물 병원에서 느껴지는 아늑함이라고는 하나도 느껴지지 않았다. 수영의 눈에 차가운 철장으로 된 우리, 동물 사체를 태우는 소각로, 호랑이도 들어갈 수 있을 만한 거대한 냉동고, 실험실 주사기 같은 주사약과 실험 약품 같은 약제가 음침함을 느끼게 해주고 있었다. 이곳은 병원이라기보다 실험실에 가깝게 느껴졌다. 더군다나 시멘트 바닥이 그 싸늘한 느낌을 더해주고 있었다.

이윽고 수영은 혜나의 업무 책상 앞에 멈춰 섰다. 책상은 깨끗이 정리돼 있었고, 책상 뒤로는 페인트가 곳곳에 벗겨진 차가운 철제 수납장이 비틀거리고 있었다. 수영은 그 철제 수납장 손잡이를 잡고 열었다. 삐걱거리는 소리를 내며 수납장이 열렸다. 수납장에는 문서가 가득했다. 수영은 수납장 문서들을 한번 쑥 훑고는 원하는 문서를 찾기 시작했다. 수영이 찾는 문서는 가장 최근 연희라는 호랑이가 죽었을 때 기록, 1년 전 존이라는 호랑이가 죽었을 때 기록, 5년 전 치악이라는 호랑이가 고양이 감염병으로 죽었을 때 기록, 마지막으로 7년 전 민국이라는 호랑이가 열사병으로 죽었을 때 기록이었다.

***

"인한은 한국에서 온, 저희한테는 외국인인데도 불구하고 인한 특유의 친화력으로 저희 사냥꾼들의 삶에 금방 잘 녹아들었어요. 처음 사냥꾼을 시작할 때, 저도 인한도 혈기 왕성하던 20대였기에, 치고받고도 많이 했지만 그만큼 정도 들어서 친해질 수 있었죠."

터리우스 박은 두툼한 두 손으로 잔을 쥐고 말했다. 추억을 회상하는 듯했다. 매구는 그런 터리우스 박을 바라보았다.

"인한은 정말 뛰어난 사냥꾼이었죠. 사냥에 재능이 있는 친구였어요. 특히 호랑이 사냥을 잘했죠."

호랑이 사냥이라는 말에 매구는 움찔했다. 매구는 다시 눈을 질끈 감으며 술을 홀짝 했다. 그런 매구를 터리우스 박은 의아하게 쳐다보았다. 그러고는 다시 말을 이었다.

"남들은 다 개 몇 마리에서, 많게는 수십 마리씩 데리고 다니며 겨우 호랑이를 잡았는데 인한은 단지 개 한 마리만 데리고 다니면서 호랑이를 잡았죠. 처음에는 그런 인한이 정말 부러웠고, 저는 그런 인한과 혼자서 경쟁하게 되었죠. 하지만 나중 되니 인한과의 격차는 점점 더 커지고, 인한은 제가 따라잡을 수 없는 사냥꾼이라는 걸 깨달았어요. 동료인 인한을 존경하게 되는 데는 그리 오랜 시간이 걸리지 않았죠."

터리우스 박은 매구를 향해 살짝 웃어 보이며 말했다. 매구는 술 때문인지, 화롯불 때문인지, 얼굴이 발그레해져 있었다.

"그렇게 몇 년간 인한은 호랑이 가죽과 순록 뿔 등을 팔며 큰돈을 만졌을 거예요. 저도 뭐 쏠쏠하게 돈을 만졌으니, 인한의 돈벌이는 말 다 했을 테지요. 그런데 당시 저희 사냥꾼들에게 전설처럼 내려오는 호랑이가 있었어요. '블라디토르'라는 암컷 호랑이였는데 윤기 나는 주황빛 털을 지니고 있었고, 날카로운 눈매가 정말 아름다운 호랑이였죠."

터리우스 박의 말에 매구는 살짝 동요가 이는 듯했다. 터리우스 박은 말을 계속했다.

"블라디토르는 날쌔기가 보통 호랑이를 뛰어넘고, 사냥도 잘했어요. 그리고 사냥꾼들이 잡으려 해도 흔적을 거의 남기지 않았고, 오히려 거짓 흔적을 남겨 사냥꾼들을 농락하기도 했죠. 더군다나 사냥꾼들이 파놓은 덫을 파괴하는 영리한 호랑이였어요. 그럼에도 블라디토르는 인간을 공격하지 않았어요. 공격할 기회가 있었음에도. 블라디토르는 오직 먹이를 위해서만 사냥했죠. 그래서 저희는 '블라디토르'를 시호테알린의 여왕이라고 불렀어요. 블라디토르는 10년 넘게 시호테알린산맥을 호령하는 호랑이였죠. 하지만 포기를 모르던 인간의 욕심은 끝이 없었고, 블라디토르가 인간의 포위에서 벗어날수록 인간은 그런 블라디토르를 점점 더 옥죄었죠. 사람들은 '블라디토르'의 가죽에 보통 호랑이의 수십 배를 호가

하는 막대한 가격을 붙였고, '블라디토르'를 잡는 게 사냥꾼들의 로망이자 평생소원이 됐죠. 아마 블라디토르의 실수라고 한다면 인간을 선한 존재로 인식한 나머지, 자신의 영역을 인간과 같이 공유했던 것일 테지요."

터리우스 박은 그렇게 말하고 보드카를 입안에 털어 넣었다.

"그래서….".

매구는 눈동자가 흔들리며 말했다. 터리우스 박은 그런 매구를 지그시 보고는 다시 말을 이었다.

"저나 인한도 똑같은 사냥꾼이었죠. 욕심에 눈이 먼. 당시 30살로 한창 왕성한 활동을 하던 시기라 언제든 블라디토르를 잡을 기회만 엿보고 있었어요. 그러던 중, 인한이 블라디토르를 추격하는 데 성공했죠. 당시 블라디토르는 노령의 나이였고, 더군다나 새끼를 키우고 있었어요. 블라디토르는 노령의 나이로 새끼를 보살피느라 흔적을 제대로 지우지 못하고 만 거죠."

매구는 멍하니 터리우스 박의 말을 듣고 있었다. 화롯불에서 타닥거리며 장작이 타는 소리가 났다.

"그렇게 인한은 최고의 사냥꾼답게 블라디토르를 잡는 데 성공했죠. 하지만 인한은 그때 자신도 다리를 크게 다치게 되었어요."

"그래서…. 팀장님이 다리를 절뚝이셨던 거군요…."

매구는 인한이 생전 다리를 절뚝이던 모습이 머릿속에 그려졌다. 터리우스 박은 말을 이었다.

"그때 인한은 심경의 변화를 겪었나 봐요. 블라디토르를 잡으면서 사냥꾼으로서 이룰 수 있는 업적은 다 이룬 성취감과 함께 다리를 다치면서 향후 사냥꾼을 제대로 할 수 있을지에 대한 두려움. 그리고 평생 어미 없이 살아야 하는 블라디토르의 새끼 호랑이에 대한 측은지심. 동정심. 이 감정들이 복합적으로 작용하여 인한은 사냥꾼을 그만두고 새끼 호랑이의 아빠가 돼주겠다며 사육사의 길로 떠나게 되었죠. 그게 제가 인한을 본 마지막 모습이었습니다."

"그 호랑이가⋯. 연희군요⋯."

매구는 머릿속에 생전 연희의 모습을 떠올렸다. 진한 주홍빛 털, 새침한 눈매⋯. 어려서부터 고생을 겪었을 연희를 생각하니 매구는 눈시울이 붉어졌다.

"그게 한국에서 블라디토르의 새끼를 부르는 이름인가 보군요."

터리우스 박은 고개를 끄덕이며 말했다.

"네, 연희도 얼마 전에 20살로 세상을 떠났어요. 그래도, 팀장님은 약속을 지키셨네요. 평생 연희의 아빠가 돼주겠다고 하는 약속. 팀장님은 연희가 호랑이별로 떠나고 얼마 후에 돌아가셨거든요."

매구는 손수건으로 눈물을 닦으며 말했다. 얼마 전, 시유가 준 손수건이었다.

"그렇군요. 인한이 호랑이에게 물려 죽었다고 하셨었죠? 갈 때도 역시 인한답게 갔군요. 인한이 사냥꾼을 그만두고 사육사로 일하겠다고 했을 때, 호랑이를 보살피는 그의 모습이 상상이 되질 않았어요. 그는 거침없이 호랑이를 잡아 죽이는, 호랑이처럼 용맹하고 강인한 사냥꾼이었거든요."

터리우스 박은 회상하며 말했다. 그의 말에 매구는 고개를 가로저었다.

"제가 동물원에서 본 팀장님은 그 누구보다도 호랑이를 사랑하는 분이었어요."

매구는 발그레한 얼굴로 초롱초롱한 눈을 밝히며 말했다.

***

수영이 철제 수납장을 얼마나 뒤졌을까. 그렇게 찾은 끝에, 가장 최근 연희가 죽었을 때 기록과 1년 전 존이 죽었을 때 기록, 그리고 5년 전 고양이 감염병으로 죽은 치악이의 기록에 대해서는 찾을 수 있었다. 하지만 7년 전 열사병으로 죽은 민국에 대한 진료기록부는 찾을 수 없었다. 아니 남아 있지 않았다. 수납장 속 진료기록부는 최근 5년 것만 존재했다. 우리나라에서 동물 진료기록에 관한 구체적인 법적 근거가 마련되어 있지 않긴 하지만 아무리 그래도 진료기록이 없다는 것은 이상하게 느껴졌다.

그런 의구심을 가진 채, 수영은 연희의 죽음과 존의 죽음에 대한 진료기록부를 열어 보았다. 두 개의 진료기록에는 짧은 문구가 눈에 띄었다.

노화로 인한 자연사.

그리고 5년 전, 치악이 죽음에 대한 진료기록부도 확인했다. 수영은 마지막 기록이 눈에 들어왔다.

고양이 감염병으로 전염 위험이 있어 소각처리 함.

***

"이게 사냥꾼 시절, 저와 인한의 사진입니다."
터리우스 박은 사진 몇 개를 매구에게 보여주며 말했다. 필름 카메라로 현상한 낡아 보이는 사진들이었는데 젊은 인한과 터리우스 박의 사냥꾼 시절 모습이었다. 그들은 잡은 동물들을 기념하며 사진 속에서 밝게 웃고 있었다. 그리고 사진 오른쪽 아래에는 주황빛 디지털 숫자로 당시 날짜가 표시돼 있었다. 지금으로부터 20여 년 전이었다.
"그리고…. 이게 바로 블라디토르를 잡았을 때 찍은 사진입니다."

터리우스 박은 다른 사진들보다 조금 더 크게 인화한 사진을 매구에게 보여주며 말했다. 사진 속에는 주황빛 진한 털과 선명한 검은 줄무늬, 풍성한 해바라기, 짧은 주둥이를 가진 호랑이 한 마리가 혓바닥을 내밀고 푹 쓰러져 있었다. 누가 연희의 엄마 아니랄까 봐, 연희와 매우 닮아 보였다. 연희와 다른 점이 있다면 블라디토르는 뭔가 좀 더 근육질에 거친 야생 느낌이 나는 호랑이였다. 젊은 시절 인한과 터리우스 박은 그런 블라디토르를 앞에 두고 밝게 웃고 있었다.

"제가 블라디토르를 잡진 않았지만, 인한에게 찍고 싶다고 했었죠."

터리우스 박은 덤덤히 말했다.

"당시에는 참 철없었죠. 그때는 단순히 돈과 명예 욕심에 눈이 멀어 블라디토르를 잡고 싶다는 생각만 했었는데, 시간이 지나면서 보니까, 점점 숫자가 줄어드는 호랑이를 보니까, 세상이 다르게 보이더랍니다. 숲 생태계 속 인간은 참 이질적인 존재였습니다. 인간을 제외한 다른 동물들은 자연의 순환 속에서 움직이고 있었습니다. 호랑이와 스라소니는 먹이를 위해 사슴과 순록을 사냥했고, 사슴보다 수명이 짧은 호랑이와 스라소니는 자연스레 사슴보다 먼저 자연사하여 땅의 거름이 되었죠. 그리고 사슴과 순록은 그 땅에서 자란 풀을 먹습니다. 이러한 과정에서 시호테알린 숲은 균형을 이루고 있었습니다. 그 축에 블라디토르가 있었던 거죠. 블라디토르는 숲에서 가장 강한 호랑이였지만, 먹이 이외에는 다른 동물을 죽이지 않았습니다. 그제야 블라디토르를 시호테알린의 여왕이라고 하는 진짜 의미를 알게 되었죠."

터리우스 박의 말에 사진을 보던 매구는 조심히 사진을 내려놓고는 터리우스 박을 조용히 바라보았다.

"하지만 인간이 숲속으로 들어오면서 엉망이 돼버리는 과정을 눈으로 직접 보게 되었습니다. 저희 인간이 숲에서 마구잡이로 사냥하면서 점점 동물들은 모습을 보이지 않게 되었습니다. 사냥할 동물이 줄어들고 있었죠. 동물들은 멸종해 가고 있었습니다. 그러면서 저는 시호테알린 숲에서, 아니 이 세상에서 인간은 먹지도 않을 것을 도대체 왜 죽이는지에 대한 의문이 생기더라고요."

진중히 말하는 터리우스 박의 말을 매구는 조용히 듣고만 있었다.

"저는 그때 느꼈죠. 인간에 의해 무차별적으로 죽임을 당하는 동물이 불쌍하다는 것을. 제가 50살이 다 돼서야 알게 된걸, 인한은 아마 그때, 30살 때 알았던 것 같습니다. 인간의 첫 번째 본능은 이기심 속 탐욕이지만, 그 이기심에 의한 탐욕은 어떤 과정을 거치면서 다른 이기심으로 승화할 수 있다는 것을. 인간의 두 번째 본능인 다른 이기심이란 측은지심, 동정심, 이타주의 같은 다른 것들을 위하는 마음일 것입니다. 인한도 그래서 새끼 호랑이를 보살펴 주려고 한 것이 아니었을까요. 역사 속에서 선교사들이 그랬던 것처럼 말이죠. 탐욕과 이타주의는 서로 상충하는 말인 것 같지만 결국 인간의 이기심이라는 한 방향을 함께 바라보고 있는 것이 참으로 역설적이지 않습니까. 사실 지금 저도 인간의 본능인 이기심대로 행동하는 것에 지나지 않을 뿐이니까요."
터리우스 박의 말을 듣고 그제야 매구는 알았다. 터리우스 박의 집이 사냥꾼 집치고 왜 이렇게 단출한지. 터리우스 박은 인간의 탐욕스러운 이기심을 버리고 자연의 순환과 함께 하겠다는 이기심을 가진 것이었다. 매구는 화롯가에 던져진 순록을 보았다. 아무래도 오늘 저녁 식사는 순록 고기일 것이었다.

***

수영은 다시 사건 현장으로 향했다. 마지막 퍼즐 조각이 맞춰지길 기대하면서.
수영은 생각에 생각을 덮으며 맹수사를 향해 올라갔다. 새벽이었던 시간도 어느덧 밝아지면서 해가 떠오르고 있었다. 그러면서 수영은 어느덧 맹수사 일반인 출입 금지 구역 앞에 도착했다. 문틈 사이에서 하루의 시작을 알리는 햇빛이 한 줄기, 두 줄기 스미고 있었다. 수영은 일반인 출입 금지 구역 대문을 열어젖혔다. 한 줄기, 두 줄기 나뉘어 있던 햇빛이 하나로 합쳐지며 수영을 향해 내리쬐었다. 수영은 눈부신 듯 손으로 햇빛을 막았다. 수영의 눈앞에는 산 사이에서 피어오르는 아름다운 일출의 광경이 펼쳐지고 있었다. 수영은 오랜만에 보는 일출의 모습을 한동안 감상했다. 그리고 수영은 마지막 조각을 끼우는 하나의 생각이 떠올랐다.

***

매구는 터리우스 박과 헤어지고 한국으로 향하는 비행기에 몸을 실었다.

매구는 이륙하는 비행기에서 바깥을 내려다보았다. 러시아 연해주가 한눈에 보였다. 매구는 생각했다. 한반도가 삶의 터전이었던 호랑이가 한반도와 러시아 연해주를 다시 자유롭게 넘나들며 살 수 있을 때가 올 수 있을까 하는.

15장

해소

　인천공항에서 내린 매구는 원주 동물원으로 향했다. 원주 동물원으로 향하는 매구는 평소 모습과 달리 차분하고 조용했다. 이동하는 내내 매구는 차창 밖을 멍하니 바라보고 있을 뿐이었다. 차창 밖에는 복잡한 도심과 쓸쓸한 자연만이 파노라마처럼 스쳐 지나갔다.
　버스와 택시를 갈아타면서 서너 시간 이동 끝에 매구는 원주 동물원에 도착했다. 매구는 조용히 하늘을 바라보았다. 산등성이 너머로 노을이 지고 있었다. 세상을 붉게 물들이는 태양의 슬픈 빛깔이었다.
　매구는 원주 동물원 내부에 있는 어떤 한 건물로 들어섰다. 사근거리는 매구의 구두 소리만이 실내를 조용히 울렸다. 그렇게 계속 걸어가던 매구는 어느 한 지점에서 멈춰 섰다. 매구는 앞을 봤다. 매구의 정면에는 한 사람이 어둑한 공간에서 등을 보이고 있었다. 그리고 타는 냄새가 났다. 여기는 실내 소각장이었다. 그 사람은 소각로 앞에서 무언가를 태우고 있는 듯했다.
"안녕하세요. 나매구라고 합니다."
매구는 그 사람을 향해 인사했다. 등을 보이고 있던 그 사람은 천천히 매구를 향해 돌아섰다. 어둑해서 얼굴이 잘 보이지 않았다.
"여기는 일반인 출입 금지 구역인데요. 그리고 이제 폐장 시간이라 나가셔야 할 겁니다."
그 사람 말투에서 차가움이 묻어 나왔다.
"내려오는 길에 잠시 들렀어요."
매구는 그렇게 말하고 그 사람이 있는 소각로 쪽으로 가까이 다가갔다.
"제가 호랑이 덕후거든요. 자연스레 이곳으로 이끌리더라고요."
매구는 소각로를 보며 말했다. 소각로에서는 연기가 줄무늬처럼 피어오르고 있었다. 매구는 그 연기를 청초하게 바라보았다. 그 사람은 그런 매구를 말없이 쳐다보았다.
"연희를 지금 보내주시나 보네요. 수의사님."

매구는 고개를 돌려 그 사람을 보며 말했다. 어둑한 공간에서 그 사람의 얼굴이 드러났다. 그 사람은 혜나였다. 매구의 말에 혜나는 눈이 동그래졌다. 혜나는 지금 이 사람이 연희에 대해서도, 그리고 그 연희를 지금 소각하고 있다는 것에 대해서 어떻게 아는지 조금 놀란 듯했다.
"연희가 이제야 자연으로 돌아가네요."
매구는 소각로를 처연하게 바라보며 말했다.
"연희가 자연으로 돌아가지 못하고 일주일 넘게 냉동고에 있던 시간이 얼마나 힘들었을까요."
매구는 고개를 돌려 혜나를 보며 말했다. 혜나는 그런 매구를 이상하다는 듯 쳐다보았다.
"연희를 잘 아시나 보네요. 저도 연희가 혈통이 좋은 호랑이라 박제하기로 결정될까 봐 내심 걱정했었는데 다행히 자연으로 보내주게 되었네요."
혜나는 매구를 찬찬히 보며 말했다.
"맞아요. 수의사님 덕분에 연희도 박제를 모면하고 자연으로 돌아갈 수 있게 됐네요."
매구는 혜나를 향해 약간의 미소를 띨 듯 말 듯 보이며 말했다.
"아무튼 연희는 제가 잘 보내드릴 테니까 이제 돌아가세요. 동물원 폐장 시간이거든요."
혜나는 얼른 이 이상한 사람을 보내고 싶었다. 하지만 매구는 그 자리에 가만히 있었다.

"연희가 자연 속으로 떠나는 동안만 있어도 될까요? 제가 제일 좋아하는 호랑이거든요."

매구는 초롱초롱한 눈으로 혜나를 바라보며 말했다. 매구의 눈이 슬퍼 보였다. 혜나는 이 매구의 슬퍼 보이는 눈망울을 보자 괜한 동정심이 생기는 것 같았다. 냉정한 성격의 혜나였지만 지금은 조금 너그러워져도 괜찮을 것 같았다.

"휴…. 그러세요."

혜나는 마지못해하면서 말했다.

"감사합니다. 수의사님."

매구는 혜나에게 꾸벅 90도 인사를 했다. 혜나는 매구가 참 이상한 사람이라고 생각했다. 그렇게 둘은 한동안 말없이 소각로를 바라보았다. 소각로에서 피어오르는 연기가 연희를 추모하는 향처럼 느껴졌다. 그러던 중, 이 정적을 깬 것은 매구였다.

"수의사님, 궁금한 게 있어요."

매구는 혜나를 향해 말했다.

"네? 뭐… 뭐가요?"

혜나는 이 여자가 갑자기 또 이상한 말을 할까 봐 조마조마했다.

"진실을 말해주세요."

매구는 무엇인가 결심에 찬 얼굴로 말했다.

"진실이라니…. 무슨…?"

혜나는 이 여자가 또 이상한 말을 한다고 생각했다. 이 여자를 조금 전, 보내지 않은 것에 대해 후회했다.

"5년 전, 그날의 진실을요."

"그날이라니…. 무슨…?"

"5년 전, 맹수사에 고양이 감염병이 유행했을 때, 유일하게 감염병으로 죽은 호랑이, 치악이가 죽었을 때도 이렇게 소각하셨었나요?"

매구의 물음에 혜나는 당황하는 기색이 스쳐 지나갔다.

"… 치악이… 라고요? 별로 기억이 잘 안 나는데. 5년 전 일에다가, 지금까지 소각한 동물만 수백 마리인데 그런 걸 어떻게 일일이 다 기억하나요. 또 제가 소각하는 모든 동물을 감독하는 것도 아니고. 기록에 있으면 했겠죠."

혜나는 자신은 잘 모르겠다는 식으로 말했다. 매구가 보기에 혜나는 둘러대는 것처럼 보일 테였다.

"치악이는 수의사님께서 부임하시고 소각한 유일한 호랑이인데 수의사님처럼 똑똑하신 분이 기억 못 하실 리가 없다고 생각해요."

매구는 처연하게 혜나를 바라보았다. 혜나는 이 여자가 보통 이상한 게 아니라고 생각했다.

"사실대로 말해주세요. 수의사님. 수의사님께서 말해주시지 않으면 제가 말할 수밖에 없어요."

매구는 말했다. 매구의 말에 혜나는 잠시 생각하는 듯하다가 답했다.

"뭘 말해달라고 하는 건지 잘 모르겠네요. 그리고, 제가 아는 게 있다고 하더라도 저는 당신한테 말할 의무가 없어요."

"… 수의사님 말씀이 맞습니다. 저한테 말씀하실 이유가 하나도 없죠. 그러면 대신 제 얘기를 잠시만 들어주실 수 있나요?"

매구는 담담히 말했다.

"오래는 못 들어드려요. 저도 일정이 있어서…."

"괜찮습니다. 연희가 자연 속으로 완전히 떠나기 전까지만 말할게요."

매구가 소각로를 바라보며 말했다. 혜나도 고개를 돌려 소각로를 바라보았다. 소각로에서는 연기가 호랑이 줄무늬처럼 피어오르고 있었다. 마치 연희의 혼이 하늘 속으로 떠나가는 느낌이었다.

***

수영은 경찰서에 있었다. 자신의 사무실 책상에 앉아 있었다. 수영은 두 눈을 감은 채, 두 손을 모으고 한동안 가만히 앉아 있었다. 지나가는 누군가가 수영을 본다면, 얼었다고 생각했을 만큼 한동안 가만히 있었다.

그렇게 얼마나 시간이 흘렀을까. 수영은 눈을 떴다. 그러고는 자신의 앞에 있는 컴퓨터 모니터를 바라보았다. 컴퓨터에는 호랑이 살인 사건에 대한 조서가 띄어져 있었다. 수영은 의미심장한 표정을 짓더니 키보드에 손을 올리고는 몇 글자 타이핑을 했다.

  사고사, 사건 종결.

***

"5년 전, 치악이는 고양이 감염병으로 죽지 않았어요. 수의사님의 극진한 정성으로 살아났던, 아니면 치악이가 삶에 대한 의지로 감염병을 이겨냈든 간에 치악이는 죽지 않았죠."
 매구는 소각로를 멍하니 바라보며 말했다. 혜나는 매구의 말에 아무 말도 하지 않았다.
 "제가 그걸 알게 된 건, 시유 오빠가 저한테 사고 당시 CCTV 영상을 저에게 보여줬을 때였어요. 그전까지는 최고가 팀장님을 공격했다고 알고 있었는데, 막상 CCTV 영상을 보니 팀장님을 공격한 건 최고가 아니라 치악이었더라고요."
 매구의 말에 혜나는 흠칫하는 반응을 보였다.
 "그도 그럴 것인 게, 팀장님은 최고가 있던 소방사장 앞에서 돌아가셨고, 당시 비가 내려 CCTV 화면도 선명하지 않앉을뿐더러, CCTV에 잡힌 호랑이는 암컷인 최고와 비슷하게 생기고, 비슷한 덩치의 호랑이였기 때문에 팀장님을 공격한 건 최고라는 오해를 할 수밖에 없는 상황이었어요. 특히나 치악이는 어렸을 때부터 최고랑 가장 많이 닮은 호랑이였으니까, 성체가 되어서는 최고랑 더 닮은 호랑이로 성장했을 거예요. 그렇기에 보통 사람이라면 CCTV에 잡힌 호랑이가 최고가 아니라는 걸 인지하기 어려웠을 거예요. 물론 사육사님들과 수의사님도 포함해서요."

매구는 고개를 돌려 혜나를 보며 말했다.

"그럴 수가…."

혜나는 놀랍다는 얼굴이었다.

"제가 대단해서라기보다 저는 호랑이마다 세세한 줄무늬 모양까지 알고 있는 호랑이 덕후이기 때문에 알아차린 거고요."

매구는 다시 고개를 돌려 소각로를 바라보았다. 혜나는 멍하니 매구를 보았다.

"사실 최고가 팀장님을 공격했다는 말을 들었을 때부터 팀장님을 공격한 건 최고가 아닐지도 모른다고 생각하긴 했었어요. 왜냐하면 최고는 사람 손에서 키워져서 정말로 사람을 좋아하고 순한 호랑이니까요. 제가 처음 최고를 만났을 때, 최고는 처음 보는 저에게 프루스텐을 할 정도로 사람에게 호의적이거든요."

매구는 차분하게 말했다. 소각로에서는 불이 '타닥타닥' 소리를 내고 있었다.

"그렇다면…. 치악이가 죽지 않았다면 그동안 어디 있었단 말인가요? 5년 만에 갑자기 나타나다니."

혜나는 매구에게 물었다.

"그건 수의사님께서 가장 잘 아시지 않을까요?"

매구는 고개를 돌려 혜나를 바라보았다. 혜나는 침을 꿀꺽 삼키는 것 같았다. 매구는 말을 이었다.

"수의사님, 제가 생각한 이야기가 두 가지 있는데요. 먼저 첫 번째 이야기부터 해볼게요. 5년 전, 고양이 감염병을 앓았던 치악이를 진찰하기 위해 수의사님께서는 맹수사에 방문하셨어요. 상태가 좋지 않았던 치악이를 수의사님께서는 마취시켰고, 수액 치료든 주사 치료든 뭐든 하면서 치악이를 보살피셨죠. 그러던 중에 수의사님께서는 잠시 다른 일을 하려고 치악이가 있던 방사장에서 나가셨을 거예요. 수의사님께서는 당시 동물원에 부임하신 지 얼마 되지도 않으셨고, 맹수사의 안전관리 시스템에 대해 제대로 숙지를 못 한 상태였을 테니 아마 출입문을 잠그는 걸 깜빡하셨던 거죠. 그 사이에 치악이가 마취에서 깨어난 거예요. 당시 치악이는 1살로 어린 호랑이였고, 상태가 좋지 않은 치악이를 생각해 수의사님께서는 마취약을 약하게 썼을 수도 있고, 아니면 치악이가 생각보다 마취약에 강했을 수도 있겠죠. 어쨌든 간에, 수의사님이 안 계신 사이에, 치악이가 잠기지 않은 문을 밀고 밖으로 나가 버린 거예요. 소방사장 반대편에 있는 치악산으로 말이죠."

매구는 바깥 창문을 바라보며 말했다. 산등성이를 붉게 물들이던 노을은 어느새 사라지고 어둑어둑해지고 있었다.

"자인한 팀장님을 포함해서 다른 사육사님들도 치악이가 그렇게 산속으로 떠나버린 것을 알고 있었는지는 사실 모르겠어요. 호랑이는 야행성이기 때문에 치악이가 마취에서 깬 시간은 아마 밤중이었을 것 같은데, 다른 사육사님들은 모두 퇴근해서 모르셨을 수도 있고요. 아니면 자인한 팀장님 같은 경우에는 호랑이에 대한 애착이 강하셔서 밤중에도 맹수사에 남아 계셔 사실을 알고 계셨을 수도 있고요. 하지만 확실한 건 그날 치악이 진료를 본 수의사님께서는 알고 계셨을 거라는 거죠. 수의사님은 치악이가 사라진 텅 빈 방사장을 보고 멘붕에 빠지셨을 거예요. 수의사님은 살면서 실수라고는 해보신 적이 없는 엘리트니까요. 자신의 부주의로 인해 호랑이가 탈출해 버렸다는 사실이 알려진다는 게 두려우셨겠죠. 그래서 수의사님은 치악이가 방사장에서 탈출한 사건을 숨기기로 하셨어요. 밤사이, 치악이가 병마를 이기지 못하고 폐사했는데, 전염의 위험이 있기에 곧장 소각해 버렸다고 하기로요. 소각해 버리면 흔적이 남지도 않고, 뼛가루 정도는 다른 동물 뼛가루로 대신할 수도 있고요. 설사 산에서 호랑이가 발견되더라도 아무도 치악이라고 생각하지 못할 거예요. 우리나라에는 예전부터 호랑이 목격담이 언제나 심심찮게 등장하고 있었으니까요."

매구는 소각로를 바라보았다. 호랑이 줄무늬처럼 피어오르던 소각로 연기는 점점 잦아들고 있었다. 혜나는 할 말을 잃은 듯 조용히 매구를 보고만 있었다.

***

수석은 치악산 자락에 와 있었다. 수석은 각 잡고 등산하는 듯 등산 가방에 등산복, 등산화, 등산 스틱까지 완전히 무장한 채로 치악산 자락을 걷고 있었다. 얼핏 보면 휴가 나와서 등산하는 사람처럼 보일 법도 했지만, 수석의 모습은 보통 등산객과 달리 위화감이 느껴졌다.

일단 수석이 걷고 있는 길이 등산로가 아니었다. 수석은 길이 없는 숲속을 헤치며 걷고 있었다. 그리고 수석은 땅과 나무를 살피며 걷고 있었다. 보통 등산하는 사람이면 높은 산에서 경치를 내려다보는 이미지가 그려지는 것에 반하는 모습이었다.

사실 수석은 휴가를 이용하여 호랑이 살인 사건을 수사하면서 추측한 제 생각을 확인하려고 온 것이었다. 수석은 지금 며칠째 치악산 자락을 살피는 중이었다.

그렇게 한참 동안 숲속을 살피던 수석은 드디어 무언가를 발견한 듯 '어?' 하는 효과음과 함께 그 무언가를 살피기 위해 쪼그려 앉았다. 며칠 전 비로 인해 아직 마르지 못한 그늘진 땅에 어떤 자국이 있었다. 그것은 호랑이 발자국처럼 보이는 커다란 동물의 발자국이었다. 그것을 본 수석의 입가에 미소가 스쳐 지나갔다.
"역시 내가 군대 시절 본 건 호랑이가 맞았어. 내 눈은 틀리지 않았어."
수석은 나지막이 읊조렸다.

***

소각로에서 타닥거리는 소리가 소음처럼 느껴질 만한 고요함이 흐르고 있었다. 그 적막 속에서 매구는 다시 입을 열었다.
"그리고 두 번째 이야기는…. 수의사님 부주의로 인해 치악이가 동물원에서 탈출한 것이 아니라."
매구는 잠시 뜸을 들였다가 숨을 고르고 다시 말했다.
"수의사님께서 일부러 치악이를 산속에 풀어주신 거라는 거예요."
매구의 말을 혜나는 잠자코 듣고만 있었다. 혜나는 표정에서 변화가 보이려고 하는 것도 같았지만 이내 표정을 참는 것 같았다. 혜나가 어떤 생각을 하는지 알 수 없는 표정이었다.

"사실, 이 이야기에 대해서는 처음엔 별로 생각해 보지 않았어요. 왜냐하면 수의사님은 동물을 좋아하시는, 천상 수의사라고 생각했거든요. 동물에 관해 연구하고 논문을 쓰고, 사람의 능력으로 동물을 치료하는 데서 보람을 느끼는 그런 수의사님이요."

매구의 말에 혜나는 별로 표정 변화가 없었다. 여전히 알 수 없는 표정이었다. 매구는 말을 이었다.

"그런데, 수의사님께서 쓰신 〈생태계의 순환〉이란 논문을 보고 다시 생각하게 되었어요. '아, 내가 수의사님에 대해 잘못 생각하고 있을 수도 있겠다.' 하는 생각을요. 사실 제가 수의사님을 판단하는 건 주제넘은 일이지만요."

매구는 혜나를 보며 고개를 숙이며 말했다.

"논문을 보고 드는 생각이 수의사님께서는 자연을 있는 그대로 사랑하는 낭만 있는 자연주의이더라고요. 그때 다시 생각해 보게 되었어요. 완벽주의자인 수의사님이 치악이가 탈출하게 두는 실수를 하지 않을 수도 있겠다. 그렇다면 다른 가능성은. 일부러 치악이를 산속에 풀어주었다."

매구의 이 같은 말에도 혜나는 아무 말도 하지 않고 잠자코 듣고만 있었다.

"그런데, 만약 이 이야기가 이뤄지려면 수의사님 혼자 힘만으로는 어려웠을 거예요. 큰 호랑이를 산속으로 옮겨야 하는 등 도움이 필요했을 거예요. 그 도움은 아마도…. 다른 남자 사육사님이 해주지 않았을까 싶어요. 박공돌 사육사님은 언제나 호랑이가 야생에서 사는 걸 원하셨고, 자인한 팀장님도 야생에 호랑이가 있던 시절이 그리웠을 수도 있고요. 사실, 이 이야기들 모두 가정이에요. 치악이를 잡아서 검사하지 않는 이상에는 증거가 없어요. 지금 우리나라 기록상에 치악이는 존재하지 않는 호랑이니까요. 하지만, 어쩌면 그게 맞는 일일 수도 있어요. 호랑이는 한 생명체이지, 인간의 소유물이 아니니까요. 호랑이가 인간의 기록물에 남아 있을 필요는 없죠."

매구는 혜나를 보며 말했다. 매구도 이 말을 끝으로 더 이상 말하지 않았다. 한동안 적막감이 흘렀다. 소각로 속 연기는 이제 하늘로 모두 떠나가 버린 듯 더 이상 피어오르지 않고 있었다. 얼마나 시간이 흘렀을까. 혜나는 고요함을 깨고 무거운 입을 뗐다.

"그렇다면…. 지금 당신이 한 이야기가 사실이라면, 어쨌거나, 결국 저로 인해서 자인한 씨가 죽었단 거네요."

혜나는 매구를 바라보며 말했다. 혜나의 말에 매구는 고개를 가로저었다.

"아니요. 저는 단지 사실이 알고 싶었을 뿐이에요. 정말로 수의사님을 탓하려 한다면 치악산에 있던 치악이가 진즉에 산에서 내려와서 인명 피해를 끼쳤을 때예요. 하지만 그런 일은 일어나지 않았어요. 이번 사건에서 범행을 한 건 호랑이 치악이일 뿐, 그 이상, 그 이하도 아니에요."

매구의 말에 혜나는 멍하니 매구를 바라보았다. 매구는 이제 완전히 불씨가 사그라들고 뼛가루만 남은 소각로를 바라보고 있었다. 연기가 되어 하늘의 일부가 된 한 마리의 호랑이는 이제 언젠가 다시 땅으로 올 날이 있을 것이었다.

에
필
로
그

세리의 독백

그날 매구가 나에게 해준 이야기는 나의 폐부를 찔렀다.

사고로만 보였던 이 호랑이 살인 사건의 진실은 20년 전 시작된 연희의 복수였을지도 모른다는 것이었다.

연희는 20년 전 새끼 호랑이였을 때, 눈앞에서 어미 호랑이 블라디토르가 자인한 팀장에 의해 죽임을 당하는 것을 생생히 목격했다. 그때부터였을지도 모른다. 연희가 자인한 팀장에게 살의를 품은 것이. 그때부터 연희는 원수와의 동침이 시작되었다. 바로 눈앞에 어미를 죽인 원수가 있지만 쇠창살이라는 벽에 가로막혀 있었다. 원수는 가장 가까이에 존재했지만 어떻게 할 수 없는 가장 먼 존재이기도 했다.

더욱이 연희는 자인한 팀장의 의도가 어떠하였든 간에 인한에 의해 괴로운 삶을 살게 되었다. 연해주를 넘나들고 백두대간을 호령하는 야생 호랑이에서 하루아침에 좁은 우리에서 사육사들이 주는 먹이만 탐하는 동물원 호랑이 신세로 전락했다. 그리고 첫 번째 새끼를 낳아 한 달가량 자연 포육하며 잘 키웠지만, 내실에서 사고가 발생하는 바람에 결국 새끼들을 포기할 수밖에 없는 상황이 되었다. 또한 두 번째 낳은 새끼는 인간이 억지로 분리해 동물 외교로 다른 동물과 교환이 되었다. 그뿐만 아니라, 열사병과 감염병으로 새끼를 잃었다. 연희가 이 모든 일을 겪는 과정의 중심에 자인한 팀장이 있었다. 연희의 눈에는 자인한 팀장이 보였다. 그러면서 인한에 대한 복수는 평생 그녀의 소원이자 목표가 되었을지 모른다.

연희는 언제고 기회를 엿보았다. 연희가 자인한 팀장만 보고 친근함을 표시하였던 건 자인한 팀장의 방심을 유도하기 위한 연기였을지도 모른다. 혹시 자인한 팀장이 방심하고 방사장 쇠창살을 열게 되는 그 기회만 보고 있었을지 모른다. 연희가 방사장 출입문을 용접하는 시유 씨를 처음 보았음에도, 시유 씨에게 친근함을 표시하였던 건 그 덤이다. 혹여나 시유 씨가 방사장 출입문을 열지나 않을까 하는 희망을 안고.

하지만, 세월이 흐르고 20년이 지났지만, 연희는 원수를 갚지 못했다. 자인한 팀장은 철저했고, 결국 단 한 번도 방사장 쇠창살을 열지 않았다. 연희는 죽기 전날, 그렇게도 서글프게 울었다. 결국 원수를 눈앞에 두고 어떻게 하지 못하고 죽게 되는 것에 대한 서글픔이 아니었을까.

하지만, 그 소리를 들은 호랑이가 있었다. 연희의 막내 치악이였다. 치악이는 연희의 극진한 모성애로 잘 자랐지만, 첫돌을 맞고 얼마 지나지 않아 고양이 감염병에 걸렸다. 그 후에, 치악이가 스스로 동물원에서 탈출했든지, 아니면 사람이 풀어줬든지 간에 치악이는 치악산을 누비고 있었다. 그러던 중, 엄마 연희의 구슬픈 울음소리를 들었던 것이다. 원수를 갚지 못해 한에 섞인 엄마의 울음소리를.

어쩌면 치악이는 어릴 때, 엄마인 연희의 품속에서 자랄 때, 연희로부터 자기 할머니를 죽인 원수에 관한 얘기를 들으며 자랐을지도 모른다. 그때 그 기억이, 연희의 서글픈 울음소리를 듣고 되살아났을지 모른다. 그래서 치악이는 엄마의 복수를 하기로 결심했다. 그리고 치악이는 산기슭으로 내려와 자인한 팀장이 혼자 있게 되던 때를 노렸다. 그리곤 20년 묵은 엄마의 복수를 대신했다. 아니, 어쩌면 자신의 복수나 마찬가지일 수도 있다.

나는 머리를 한 대 얻어맞은 것만 같은 기분이 들었다. 한때 내가 꿈꿨던, 아니, 어쩌면 지금도 꿈꾸고 있을지 모르는 복수라는 저열한 감정이 동물에게서 돋아날 것이라고는 생각해 본 적이 없었다. 그리고 사람이 죽은 지금, 이 상황에서 내가 생각해도 말도 안 되는 생각이지만, 내 마음 한켠에서는 나는 이루지 못했던 복수를 행한 호랑이에 대한 부러움의 감정이 스쳐 지나갔다. 또 내가 행한 사업으로 인해 사람이 죽은 게 아니라는 안도의 감정까지 스쳐 지나갔다. 결국 나도 역시 여느 이기적인 사람이나 다름없었다.

이번 사건은 자인한 팀장 입장에서는 비극일 것이다. 그는 밀렵꾼 시절, 아니 사냥꾼 시절 마음가짐을 버리고 사육사로 일하면서 20년간 본인 나름대로 호랑이에게 최선을 다했다. 적어도 내가 느끼기에는. 그게 어미를 잃은 새끼에 대한 동정심이든, 무차별하게 동물을 죽인 죄책감을 덜려는 이기심이었든지 간에, 하지만 돌아온 결과는 자신의 죽음이었다. 죽음으로써 그 업보를 갚은 것이다. 아무렴, 자기 어미를 죽인 자를 용서할 수 있는 사람이, 아니 동물이 있을까.

그렇지만 이 모든 생각 또한 인간 위주의 이기심 어린 생각일지 모른다. 이 사건의 진실은 인간은 결코 알 수 없을 것이다. 오직 그들만이, 호랑이들만이 진실을 알고 있을 것이다.

백두대간의 울음,

초판 1쇄 발행 2024. 11. 14.

지은이 봉운
펴낸이 김병호
펴낸곳 주식회사 바른북스

편집진행 박하연
디자인 김민지

등록 2019년 4월 3일 제2019-000040호
주소 서울시 성동구 연무장5길 9-16, 301호 (성수동2가, 블루스톤타워)
대표전화 070-7857-9719 | **경영지원** 02-3409-9719 | **팩스** 070-7610-9820

•바른북스는 여러분의 다양한 아이디어와 원고 투고를 설레는 마음으로 기다리고 있습니다.
이메일 barunbooks21@naver.com | **원고투고** barunbooks21@naver.com
홈페이지 www.barunbooks.com | **공식 블로그** blog.naver.com/barunbooks7
공식 포스트 post.naver.com/barunbooks7 | **페이스북** facebook.com/barunbooks7

ⓒ 봉운, 2024
ISBN 979-11-7263-181-9 03810

•파본이나 잘못된 책은 구입하신 곳에서 교환해드립니다.
•이 책은 저작권법에 따라 보호를 받는 저작물이므로 무단전재 및 복제를 금지하며,
이 책 내용의 전부 및 일부를 이용하려면 반드시 저작권자와 도서출판 바른북스의 서면동의를 받아야 합니다.